THE SHIT JOB

私労働小説

ザ・シット・ジョブ

ブレイディみかこ

角川書店

私労働小説

ザ・シット・ジョブ

目次

初出一覧

「1985年の夏、あたしたちはハタチだった」「小説　野性時代」二〇二一年四月号
「ぼったくられブルース」「小説　野性時代」二〇二二年一月号
「売って、洗って、回す」「小説　野性時代」二〇二二年五月号
「スタッフ・ルーム」「小説　野性時代」二〇二二年九月号
「ソウルによくない仕事」「小説　野性時代」二〇二三年一月号
「パンとケアと薔薇」「小説　野性時代」二〇二三年五月号

第一話

一九八五年の夏、あたしたちはハタチだった

あたしはあの夏を捨てる気でいた。「捨てる気」というのは「働く気」ということで、言い方を変えれば「稼ぐ気」だったということである。

どうして金を稼ぎたかったのかというと、日本を脱出したかったからだ。イングランドに行ってギグを見て、マーケットに行って、ナイトクラブで踊って、自分の人生を生きたかった。日本にあるのはあたしの人生ではなかった。日本の音楽も服もナイトクラブも、日本の何もかもに興味が持てなかった。音楽と服とダンスがバッドな国に、生きるに値する人生などあるわけがない。

だから、あたしは日本にいるときはいつも死んでいた。死んでいるときに人間がすることとは金を稼ぐことだ。再び生きるための資金を得るのである。それであたしは手っ取り早く稼ぐため、中洲《なかす》のクラブと天神《てんじん》のガールズパブを掛け持ちして水商売に精を出していた。

あの頃、あたしは「ハイ・スクールはダンステリア」のミュージックビデオのシンディ・ローパーみたいに左右の長さの違う髪型をしていて、ふつうこういう奇抜な外見の女の子を雇う店は中洲の高級クラブにはない。が、たまたまジャズ好きのマスターがやっているクラブがあって、その店にはママがいないのでマスターが面接をやっていた。音楽好きの大人には、ミュージシャンかぶれの恰好《かっこう》をしている若者に寛大になる癖がある。さらに、ロンドン行きの資金を貯めるために働きたいと言ったらなぜかやけに気に入られ、そこで働くことになった。

髭面《ひげづら》のマスターは中洲の老舗《しにせ》クラブで長年働いた人で、独立して自分のクラブを開いたばかりだった。モノトーンを基調にした店の壁に大きなスクリーンがあって、いつもアート・ブレイキー&ザ・ジャズ・メッセンジャーズとかエラ・フィッツジェラルドとかのモノクロの演奏映像を流していた。マスターは店の女の子の衣装にもうるさくて、アンティーク・ショップの店主に一九二〇年代や一九三〇年代風のドレスを持ってこさせ、その中から選ばせていた。そんなとき、「これがかわいい」「こっちのほうが似合う」と言ってスタイリスト役を果たしていたのが、昼間はDCブランドのショップでハウスマヌカンをしていた喜和子《きわこ》だった。

喜和子というのは彼女が店で使っていた名前で、最初は「都《みやこ》」と名乗っていたのだけれど、あんまり顔や雰囲気が太地《たいち》喜和子に似ているので、客に「喜和子ちゃん」と呼ばれるようになり、面倒くさくなって改名したのだった。同い年だったこともあって、喜和子とあたしはすぐに仲良くなった。喜和子もあたしと同じように、目標のために稼ぐ手段として中洲のクラブで働いていた。だから、二人とも通勤は自転車で、タクシー代として渡されるお金はしっかり貯金していた。クラブの二大酒豪がチャリで通勤しているとは、誰にも想像できなかっただろう。

「あれだけ飲んで、よくこけたりしないわね」

「そっちこそ」

「いや、あたしはすごい田舎の子だったから、自転車は足みたいなもので、どんなに酔っても何十キロでも走れるから」

喜和子は熊本の田んぼしかない村の出身と言っていた。「an・an」や「流行通信」を貪《むさぼ》るように読んでは都会の生活に憧《あこが》れていたそうで、高校を出るとすぐに福岡に出てきてハウスマヌカンとして働き始めたという。彼女の夢は輸入雑貨の店を持つことだった。そのために昼も夜も働いて貯金しているのだった。

いつも黒いロングドレスを着て妖艶《ようえん》な笑みを浮かべている喜和子のことを、一見の客はみなママだと勘違いしていた。もっと年上の経験豊かなホステスさんたちもいたのだが、なぜかママのオーラを放っているのは喜和子だった。

「あんたがハタチのわけないやろ。いい加減にしとき」

あるとき、喜和子と一緒についたテーブルで、どこかの社長がそう言った。

「いい加減も何も、本当のことですから」

喜和子は微笑しながらそう答えた。

「ふん。もし仮にたい、もし本当にあんたのごたあ二十歳がおったら、そら水商売の神がついとる」

店が終わって、川沿いの駐輪場まで一緒に歩きながらあたしは喜和子に言った。

「水商売の神って何?」

「さあ、何だろうね」と喜和子は笑った。

「ああいうクラブで、ああいう衣装を着て、ああいう場所っぽい顔を作って働いているからあんなことを言われるだけで、分厚い黒縁の眼鏡をかけてチャリンコ漕《こ》いでるあたしを見たら、あのオヤジも水商売の神がついてるなんて言わないでしょ」

「ははは」

「イメージなのよ。すべてはイメージ。商売は蜃気楼《しんきろう》。そんなものに神なんか宿るわけない」

「じゃあ、神は何に宿るの?」

そう聞くと喜和子はきりっとした顔で言った。

「お金よ」

駐輪場で喜和子と別れた後も、あたしにはもうひと仕事あった。中洲から天神に移動して、ガールズパブで朝まで働くのだ。その店は中洲のクラブの三倍ぐらいの広さがあり、ライブハウスみたいなラフな内装で、実際、マスターもバーテンダーも厨房《ちゅうぼう》さんも元バンドマンとかの集まりだった。フロアの真ん中にピアノやドラムやギターが置かれていて、彼らが一晩に何度か生演奏を披露していた。店の女の子たちは中森明菜《なかもりあきな》が着るようなダボダボの白い着物風のジャケットに同色のハーレム・パンツをはかされていた。

店は午後七時から午前四時まで営業していたので、多くの女の子たちは深夜〇時で仕事をあがる。で、彼女たちと入れ替わりに出勤してくるのが、あたしのように中洲でひと仕事してきたお姉さんたちだった。「掛け持ちさん」たちには制服はなく、私服で仕事ができたので変なハーレム・パンツをはかずに済んだ。

あたしの私服はとても中洲のお姉さんには見えなかったし、第一、髪型がシンディ・ローパーだったので、「なんでお前だけそんな小汚いんや」とか「お前はこの店の不良なんか」とか、からかわれたものだったが、そんなとき「あたしのチホちゃんをいじめたら、ただじゃおかんよ」と助けてくれたのが、しのぶだった。しのぶはお店のナンバー1で、最初に会ったとき、思わず引いたぐらいの美人だった。ボッティチェリが日本人のヴィーナスを描いたらこんな風になったろう、と思うような顔をしていた。しのぶは夜七時から通しで働いているハーレム・パンツ組で、この店の看板シンガーでもあった。

生バンドの演奏タイムは早い時間だけだったが、深夜の時間帯でも客がリクエストすると厨房のスタッフやマスターが出てきて楽器の前に座り、しのぶが歌った。しのぶの十八番はシャーデーの「スムース・オペレーター」と「ユア・ラヴ・イズ・キング」だった。彼女がしっとりとした伸びのあるハスキーな声で歌うと、フロアに座っている人は男も女もみんなしのぶと恋に落ちた。「ありゃプロやろ」「プロよりうまかばい」と囁《ささや》き合う声が聞こえ、万札のおひねりが飛ぶこともあった。

しのぶもあたしと同じ二十歳だった。彼女にしても喜和子にしても、あたしはなぜかお店のナンバー1たちに可愛がられた。同い年の子たちに可愛がられるというのもおかしな表現だが、そんな感じだった。あたしがまったく水商売に向いてなくて、客あしらいも外見もダメだし、「いじられキャラ」だったので放っておけなかったのかもしれない。二人にはそういうやさしいところがあった。それに、人気のある同僚に対する嫉妬《しっと》心や競争心を露《あら》わにしている女の子たちが多かったから、あたしのような「酒が飲めて時給さえもらえたらそれでオッケーなんです」みたいなぼんやりしたタイプには、気を許せたのかもしれない。

あたしは頻繁にしのぶの家にも泊まっていた。自転車で通勤していると話したら、「こんなに飲んどう人を自転車でやら帰せん」と毎日のように誘われるようになったからだ。

しのぶは天神の一等地にある2LDKの新築マンションに住んでいた。

「高いやろ、ここ」

と聞いたら、彼女は余裕で答えた。

「店で歌うときのチップで払えるぐらいの家賃」

彼女の部屋は、大人っぽいルックスとはアンバランスなほどファンシーで、夥《おびただ》しい数の大小のぬいぐるみが並べられていたが、それらの隙間に写真立てがいくつか置かれていた。すべて同じ男性の写真が入っている。

「ひょっとして彼氏？」

まじまじと写真を見ていると、しのぶが聞いた。

「その人、見たことない？」

「ない」

「一応、ちょっと曲がヒットしたことあるミュージシャンなんやけど」

「ごめん、あたし日本の音楽のこと、まったく知らんけん」

「チホちゃん、ほんとにUKしか興味ないんやね」

しのぶは楽しそうに彼氏の話をして聞かせた。福岡出身のミュージシャンで、地元ではバンド活動をしていたが東京のレコード会社からソロシンガーとしてスカウトされて上京。

デビュー曲はヒットチャートのトップ30に入るヒット曲になり、二曲目はそれほど売れなかったが、もうすぐ三曲目のシングルが発売になるので、プロモーションで福岡に帰ってくるのを心待ちにしているという。

「どこで会ったと？」

「お店」

しのぶは恥ずかしそうに答えた。

「何度も何度も東京から会いに来てくれて。三曲目が売れたらアルバムが出るけん、そしたらあたしを迎えに来てくれるって」

しのぶは立ち上がって棚からカセットテープを取ってきた。そしてそれをステレオのプレーヤーに入れて、「こういう曲を作ってる人なんよ」と再生ボタンを押した。

それはアコースティック・ギターと歌だけのバラードで、傷だらけのお前をきっと迎えに行くよとか、会えない日々の愛がはちきれそうで狂おしいぜベイビーとか、そういうことをせつなげにシャウトしていた。端的に言って、ダサ過ぎた。あたしは他のことに関しては適当に話を合わせられても、音楽に関してだけは、アンクールなものをクールとは言えない。

「へー、……ラブソングじゃん」

ようやく当たり障りのない言葉を見つけて口にすると、しのぶは膝《ひざ》を抱えて、うっとりした顔で言った。

「あたしの誕生日にプレゼントしてくれた曲なんよ」

はっきり言ってしのぶが店でシャーデーを歌っているときのほうが一〇〇万倍ぐらいクールなのに、彼女はそれがわかっているんだろうかと思った。


ある晩、中洲のクラブのカウンターで馴染《なじ》みの客の相手をしていると、マスターが近づいてきて言った。

「チホさん、そろそろテーブル席の喜和子さんと代わってください」

「はい」

あたしはカウンターから出て喜和子が座っているテーブルに行った。そのテーブルではちょっと気になる光景が展開されていたので、少し前からみんなそちらのほうをチラチラ見ていた。

「あの人、副島《そえじま》さんの奥さんだって」

「え、でも副島さんよりずいぶん年上じゃない？」

「十歳ぐらい年が離れてるらしい」

「すごい目で喜和子さんを睨《にら》んでる」

「ヤバいよねー」

そういうことを女の子たちが更衣室でひそひそと話しているのを聞いた。

副島さんというのはアパレル会社の三十歳そこそこの社長だが、店側からすれば上客の一人だった。喜和子目当てに来ているのは誰の目にも明らかで、毎回、彼女がテーブルについた。ひょろっとした神経質そうな外見で、いつもトレンチコートに複雑なマフラーの巻き方をして、海外で買ったというアランミクリのフレームの眼鏡をかけてやってきた。

そう言えば最近、更衣室で「今日は自転車で帰らないから」と喜和子に言われたことが何度かあり、そういう日は必ず、副島さんが閉店近い時間まで店で飲んでいた。

「喜和子さん、あちらのお客さまが呼んでいらっしゃいますので、そろそろ」

ボーイがあたしの前に立ち、喜和子にそう告げた。喜和子は静かに頷《うなず》き、優雅な手つきでピッチャーからグラスに水を注ぐ。あたしは、

「いらっしゃいませ。失礼します」

と言って喜和子の脇のスツールに腰掛けた。このクラブでは、女の子たちはソファに腰掛けてはいけない決まりになっていた。客と向かい合ってスツールに座り、できるだけ背筋を伸ばして、テーブルに手や肘《ひじ》をついてはいけない。店内では博多《はかた》弁も禁止だった。客と

の間に親密になり過ぎない距離を保つためだ。

それなのに、喜和子は店の外で客と親密過ぎる仲になってしまったのだろうか。ソファに座っている中年の女性は粘着性のある暗い瞳《ひとみ》で彼女を睨んでいた。脇にいた若い男性（副島さんの会社の営業社員だったと記憶している）は、居心地悪そうに野菜スティックをガリガリかじっては水割りで流し込んでいた。

「では、どうぞごゆっくり」

女性の前に水割りのグラスを丁寧に置いてから、喜和子が立ち上がり、カウンターのほうに歩いていった。

「野菜スティックなくなっちゃいましたね。おかわりなさいます？」

あたしが尋ねると、女性は冷たく言い放った。

「けっこうです。もう帰りますから」

店が終わってから、駐輪場に向かういつもの道でそれとなく喜和子に切り出してみた。

「今日、交代したテーブルの女性のお客さん、副島さんの奥さんなんだって？」

「うん。すごい目であたしのこと見てたでしょ」

店で博多弁を禁止されているせいか、あたしたちは店の外で話すときも標準語だった。

「あの人、かなり酔ってたよね、店に来たときから」

「酔ってないと来られなかったんでしょ。素面《しらふ》であいうことはできない」

「何か、されたの？」

「いろいろ言われた。『わりと顔が大きいですね』とか『長身で肩幅があるから、〈あんみつ姫〉でも働けそう』とか」

「あんみつ姫」というのは、前の年にオープンして大流行している女装ショーが売り物のエンタメ・クラブだった。

「同性のほうがひどいこと言えるから。相手を傷つける言葉を男より知ってる」

「……もっと早く気をきかせてあたしが交代すればよかったね。ごめん」

「そんな、謝ったりしないで。ひょっとしたら、あんなことをあの人に言わせるようなことを、あたしだってしちゃったのかもしれないし」

やっぱり、しちゃってたのか、と思った。

「途中で立ってトイレに行ったら、あの人が後から入ってきて、洗面台の前でいきなり首を絞められちゃった」

「ええええっ」

「もちろん脅すだけだから、本気の絞め方じゃなかったけど。でもあの人、あたしより全然背が低くて、全体的にころんとして小さいでしょ。あの人に首を絞められてるあたしが鏡に映ってるのを見たら、その絵が、なんかおかしくなっちゃって。笑いをこらえてたら平手打ちされた」

「…………」

あんな落ち着いたクラブの片隅でそんな修羅場が展開されていたとは想像もしなかった。

「自分の夫とあたしが恋愛しているなんて、どうしてそういうことを考えるんだろう。こっちはそんなこと全然考えてないのにね」

喜和子はそう言って、いつものように自転車に乗って帰っていった。

翌日、今度は閉店近い時刻になって泥酔した副島さんが一人で店にやってきた。昨日の今日だったので、マスターは彼をカウンターに座らせて別の女の子に接客させた。閉店後、服を着替えて喜和子と一緒に店の外に出ると、道路の反対側のコンビニの前に副島さんが立っているのが見えた。彼は喜和子を見ると片手を挙げてこちらに渡ってこようとしたが、喜和子は無視して歩き始めた。

「あたし、こういうことされるの死ぬほど嫌なんだよね」

彼女は眉間《みけん》に皺《しわ》を寄せ、うんざりした顔で言った。

「性欲があるときにセックスが上手《うま》い人と楽しむ。それでいいじゃない。男とか女とか恋愛とか、そういう面倒くさいことをしたがる人、ほんとに嫌い」

喜和子がずんずん歩き続けるので、副島さんは道路の真ん中で立ち止まり、タクシーからクラクションを鳴らされていた。彼はそのまま後ずさりして道路の向こう側に戻り、いつまでもコンビニの前に立ってこちらを見ていた。

早い時間に働いていたクラブに比べると、天神のガールズパブは接客マナーなどないも同然で、女の子たちもいつも博多弁で喋《しゃべ》っていた。とくに深夜から朝までの時間帯は、入ってくる客もすでに酔っているし、七時からオールで働いている女の子たちも、中洲から流れてくるお姉さんたちも疲れていたので、マスターもたいていのことは大目に見ていた。だからその日も、カラオケを歌いまくっていたおじさんが寝てしまった後で、しのぶとあたしは私語に花を咲かせていた。

「今日ね、彼氏が来たと」

「家に？」

「ううん、ここに」

そう言ったしのぶのアーモンド形の目にみるみる涙がたまった。

「あたしたち、もうダメかも」

「え？」

「彼氏が来たって、あたしたち仕事せないかんやない。お客さんに呼ばれたら行かないかんし、生バンドの時間になったら歌わないかん。なのに、あたしが歌い終わったら、ものすごい不機嫌な顔になって、何も言わずに出ていきんしゃったと」

「…………」

「実は、この仕事やめろって言われよっちゃん」

潤んだ瞳であたしを見ているしのぶは、ぞくっとするほど色っぽかった。どう考えても、あんなワム！のジョージ・マイケルみたいな長い襟足の男にはもったいない。

「ここやめて、どうしろって言いよんしゃあと、彼氏さん？」

「昼の仕事をしてほしいって。それで、アルバムが出たら東京で一緒に暮らそうって」

「そんなの勝手やん。女は彼氏の思い通りになると思っとう男の言いぐさやろ、それは」

でもそれはあたしの考え方なので、しのぶは違うかもしれないと思ってあたしは聞き直した。

「で、しのぶちゃんは東京に行きたいと？」

「それが……、ようわからんとよ。あたしがこの仕事をしよう理由はチホちゃんも知っとうやない」

しのぶの家庭は複雑で、あたしの家と同じで借金まみれだったから、しのぶが毎月かなりの額を親に送金していることをあたしは知っていた。

「でも、それだけでもなくて、友達とか、家族とか、みんな福岡におるとに……、あたし東京に行ったら、一人になるやん……」

隣のテーブルの客が、「しのぶちゃん、歌ってー」と叫んだ。しのぶは立ち上がってカラオケの機械に近づき、棚からディスクを選んで入れた。流れてきたイントロは「大阪で生まれた女」だ。しのぶは歌詞を「福岡で生まれた女やけんー、東京へはようついて行ききらんー」とアレンジして（福岡の水商売業界ではスタンダードな替え歌だった）ブルージーに歌いあげた。フロア中の人々がしのぶの声の魔法にかかっていた。レコード会社がスカウトしなきゃいけないのは、あんなダサい男よりこっちだ。本物のダイヤモンドはいつも人知れない場所に眠っている。

翌日、いつものようにガールズパブに出勤すると、珍しくしのぶは休んでいた。彼女の欠勤は、あたしが働き出して初めてのことだった。

「しのぶちゃん、今日、休みなんですか？」

と尋ねるとマスターは言った。

「なんか珍しく風邪をひいたみたい。熱があるけん、しばらく休むかもしれんって電話があった」

なんだかんだ言って、あれから彼氏と仲直りして一緒にいるのかな、と思った。でも、昨日の「大阪で生まれた女」の物悲しい声のトーンが耳から離れなくて、店が終わってから、ビルの前の公衆電話でしのぶに電話してみた。

「もしもし」

「しのぶちゃん？　もしかして寝とった？　ごめーん、チホだよーん」

と言うとしのぶがしくしく泣きだしたので、あたしはコンビニに行ってレディーボーデンのアイスクリームを買い、しのぶのマンションへ自転車を飛ばした。

チェーンロックを外してドアから現れたしのぶの顔を見て、あたしはぎょっとした。

「どうしたと、それ……」

しのぶの額と、右目の下から頬骨のあたりに大きな痣《あざ》ができていた。しのぶは反射的に顔の右側を手で覆う。

「キッチンの棚からフライパンが落ちてきて……」

「その嘘、ダメ。すぐバレる」

「やっぱそうかいな」

「フライパンは額には当たろうばってん、目の下にそんな横向きの傷はできんやろ」

しのぶは諦《あきら》めたように右手を顔から外した。

「やっぱ、『こけた』とかのほうがいい？」

「うーん、それもまた、古典的な言い訳やしね」

あたしもしのぶもあまりやさしい環境で育たなかったので、こういう女の顔の傷についてはよく知っていた。

昨日、閉店後に「彼氏さんが戻ってくるかもしれないから」などと気を遣わず、いつものようにしのぶの家に泊まればよかったと後悔した。

「今日は、来とんしゃれんと？」

「うん。朝の飛行機で東京に帰りんしゃった」

靴を脱いでしのぶの家に上がり、キッチンの戸棚の引き出しから銀のスプーンを二本出してレディーボーデンの容器に突っ込んだ。そしてテーブルの椅子に座って頬杖《ほおづえ》をついているしのぶの前に、それを置く。

「彼氏の一存で女はどうにでもなると思っとろう、って言ったらすっごい怒られた」

「やべ。それあたしが言ったことやん。っちゅうことは、もしかして、あたしのせいなん？」

「そうやなかよ。……だって、チホちゃんに言われたとき、ほんとにそうやなーと思ったもん」

スプーンの柄についたバニラアイスを桜色の舌でぺろっと舐《な》めてから、しのぶがそう言った。

ジョン・レノンをパクったような曲を作って世界平和がどうのとか人類は一つとか歌っている男が、自分の彼女を殴り、顔に傷を残す。

ジョンもヨーコが水商売をしていたらやめろと言ったんだろうか。そしてそれでもやめなかったら、殴ってでも言うことをきかせようとしただろうか。ジョンは最初の妻には虐待的なことをしていたと聞いたことがある。ヨーコはリスペクトできる芸術家だから殴らなかったのかもしれない。ということは、女はいっぱしの何者かにならないと男に殴られてしまうんだろうか。

「だいたいさ、女が水商売すると嫌がる男って何なんやろうね。客と変なことになるとでも思っとっちゃろうか」

ニュートラルな言い方をしてみたが、実は身に覚えのあることだった。あたしは殴られたわけではなかったが、第三者を介して「もう二度と会いたくない」と言われた。ロックバンドとかやっていてもさすがは一流大学の学生というか、捨て方が事務的でスマートだなと思った。お前はもう汚物になったから会う価値もなくなったと言われた気がした。

「あたしたち、こんなにまじめで品行方正やのにね。昼は寝とうし、夕方起きてご飯食べて化粧して、朝はこんな風に帰ってきてアイス食べながら寝るだけやん」

しのぶがしみじみ言うのであたしも頷いた。

「ほんとそう。女子大生とかのほうが、あたしらよりよっぽどエロいことしよう」

でもたぶん、嫉妬とかそういうことだけではない。「水商売の女を彼女にしている自分」は、「女子大生や昼間の仕事をしている女を彼女にしている自分」より「下」になる、という意識が男全般の中にあるからだ。そしてことさら口に出して言わなくても、しのぶもあたしもそのことを知っている。

しのぶは「くやしいよね」と言ってティッシュで涙を拭《ふ》きながら、アイスも食べていた。そんな男全般には恋をしないというワクチンがあれば、あたしらの人生はずいぶんと楽になるのに。


「ねえ、なんで雑貨屋を開きたいの？」

ある日、あたしはいつもの駐輪場への道で喜和子に聞いてみた。

「自分がかわいいと思うものに囲まれて毎日を過ごしたいから」と喜和子は答えた。

「田舎の子だったから、『Olive』とか『an・an』とかでかわいい雑貨を見て、ああいうものに囲まれて暮らす毎日をいつも思い描いてた。だから、小さな雑貨屋をやるのは究極の夢」

「ふうん」

でも喜和子はそういうひっそりしたことでは終わらないんだろうなと思った。九州全土に展開する雑貨店チェーンの経営者になり、別の業界にも進出したりして、一大ビジネス・エンパイアを築きそうな感じである。二十歳で中洲のママと間違われるほど、喜和子はナチュラルに商売がうまいからだ。

「チホちゃんは、なんでロンドンに行きたいの？」

「……ロンドンの音楽が好きだから。ロンドンの服が好きで、ロンドンの建物や風景が好きで、何もかも大好きだから、好きなものに囲まれて暮らしたい」

「じゃあ、あたしとまったく一緒じゃない」

喜和子がそう言うのであたしも笑った。

「ねえ、あたしたちっていま夢のために生きてるのかな」

「まあ、そういうことになるんじゃない」

「なんか、ちょっとあたしたち、かわいいね」

「うん、かわいいかも」

とは言え、喜和子の客あしらいはそんなにかわいいものではなかった。

副島さんはぱったりお店に来なくなったが、ある日、彼の弟が店にやってきた。細身で神経質そうな副島さんとはまるで違い、弟は日焼けしたサーファーみたいなタイプだった。彼は自分の素性を明かさずに喜和子を指名した。

隣のテーブルについていたあたしは、副島さんの弟の話を断片的に聞いていた。

「兄が離婚することになったんですよ。若い水商売の女性と不倫して」

「義姉《あね》は兄の会社の共同経営者だったので、会社のほうも畳むことになりそう」

「義姉は不倫相手の職場に行ったらしいんですが、若いのにしたたかな女性だそうで」

喜和子はまったくの他人の話を聞いているように「そうなんですか」「たいへんですね」と相槌《あいづち》を打ちながら、水割りを作ったり、水滴で濡《ぬ》れたグラスの下半分をおしぼりで拭いたりしていた。

喜和子の落ち着き払った態度に苛立《いらだ》ったのか、副島さんの弟が吐き捨てるように言った。

「まったく、中洲のホステスなんかに夢中になるから」

その声があまりに大きかったので、あたしも客も思わず隣のテーブルを見た。

喜和子はぴんと背筋を伸ばして微笑し、やんわりと副島さんの弟に言った。

「で、お兄様たちにお子さんはいらしたんですか?」

「いませんでした。なかなかできなくて、それで義姉も悩んでいた」

「よかったですね」

「は？」

「お子さんがいないほうが、離婚は楽でしょう？　それに、中洲のホステスなんかのせいでダメになるなら、いずれそうなっていたんじゃないですか」

喜和子は涼しい顔でそう言うと、ボルドー色の口紅を塗ったぽってりした唇に冷酒を流し込んだ。副島さんの弟は薄い唇を半開きにしてじっと彼女の顔を見ていた。


しのぶは顔の痣のために何日か店を休まなければいけなかった。でも、ガールズパブと同じビルの中に入っている「あんみつ姫」のシゲちゃんのおかげでそれほど長引かずにすんだ。

ゴージャスな女装スタッフの多い「あんみつ姫」の中で、背が低くて小太りのシゲちゃんはコミカルなキャラで売っていた。「どうせあたしのこと四頭身の『がきデカ』だと思ってるんでしょ」がシゲちゃんのパンチラインで、スタッフ総出演のショータイムには、警察帽を被《かぶ》って赤い水玉のネクタイを締め、ビキニの海パンにガーターベルトを着けて「がきデカ」っぽい扮装《ふんそう》で出てきた。「オレたちひょうきん族」のタケちゃんマンみたいな扮装をすることもあった。でも、そんなお笑い担当のシゲちゃんは実はメイクの達人で、女装の同僚たちにバックステージで華麗なメイクを施してやっていた。「あんみつ姫」の閉店後、ガールズパブにお客さんを連れてカラオケを歌いに来ることがあり、そのときにしのぶの痣のことを相談したら「あたしに任せといて」と言ってくれたのだ。

シゲちゃんは、ショータイム用にお店で使っているという化粧品（ドーランというらしい）を持ってしのぶの家に来てくれて、痣の隠し方を教えてくれた。「この色のドーランは、髭剃《そ》り後のポツポツもきれいに隠しちゃう逸品なの」「スポンジを使うより、指でやったほうがいいわ。手の熱で人肌ぐらいに温めてやると、ドーランを顔に乗せたときに伸びがよくなるの」と、プロのメイクさんみたいに蘊蓄《うんちく》を語りながらしのぶの顔にドーランを塗っていたシゲちゃんが、急に真顔になって言った。

「しのぶちゃん、あんまり客を近くに寄せちゃダメよ」

あたしとしのぶがシゲちゃんの顔を見ると、彼はこう続けた。

「舞台用のドーランはフロア用のメイクとは違うから、近くからはどうしてもケバく見えちゃうからね。演奏タイムに歌うときはバッチリだと思うけど」

翌日からしのぶは仕事に復帰した。その晩、スーツ姿のおじさんたちの豪勢なテーブルがあって、ガールズパブでは滅多に出ないレミーマルタンのボトルを入れ、女の子たちに何でも好きな物を飲み食いさせていた。中洲から来る「掛け持ち組」のお姉さんの一人が、自分の客を連れてクラブから流れてきたらしい。マスターの指示で女の子はみんなそのテーブルにつくように言われた。

「あんた、どうでもいいけど化粧が濃いなー」

ネクタイを緩めたおじさんの一人が、脇に座っていたしのぶに言った。

「ずっと風邪ひいて寝てたら、肌荒れがひどくて」

としのぶは答えた。

「あのな、年を隠そうとして厚化粧をしたら、女は余計に老けるとぞ」

「そうそう。あんたのように彫りの深い顔は早く老けてしまうけんな」

サラリーマンのおじさんたちはしのぶをいじり始めた。

夜の仕事を始めたとき、あたしは「美人は得だな。おじさんたちにいじられないから」と思っていたものだった。でも、すぐにそれは間違いだったことがわかった。美人は美人で、化粧が濃いだの太っただの髪型が似合わないだのと、重箱の隅をほじくり返すように何かをネタにされてからかわれていた。

ソファの隅で中洲組のお姉さんたちが二人、しのぶがいじられる様子を見ていた。この二人は、いつもジュンコシマダとかニコルとかの大人っぽい私服を着て現れる美女たちで、ほろ酔いで出勤してきているときには、「あたし、整形していないのは歯だけ」とか「あたしは顎《あご》も健在よ」とか、まるで漫才の掛け合いみたいに言い合っていることがあった。

「しのぶちゃんはまだ二十歳よ。そんなこと言われる筋合いはないと思いますけど」

ちょっと多岐川裕美《たきがわゆみ》似のお姉さんが言った。

「そうよ。美人は老けるなんて大きなお世話です」

目元のきつい島田陽子《しまだようこ》みたいなもう一人のお姉さんも言った。

「お、ベテランのお姉さまたちはやっぱ年の話になるとうるさいな」

脂ぎった顔の眼鏡スーツおやじがそう言ったが、実は彼女たちは、あたしやしのぶと二、三歳しか違わないのだった。

「そらまあ、お姉さんたちぐらいの大人になったら、俺たちだって年の話はせんよ」

「さすがに失礼やけんね、本当にお年を召した方々には。うははははは」

あたしは会話を聞きながら、まずいギネスビールをちびちび飲んでいた。

年齢、美醜、失礼。さっきから、この場の会話はその三つを軸にぐるぐると回っていた。

それはまったく水商売というものを象徴しているような三つの言葉だ。あたしたちは年齢と美醜で判断されて、失礼な言葉や態度を許容することでお金を貰《もら》っている。

ということは、客は女を年齢や美醜で判断し、失礼なことを言ったり、したりするために金を払うわけだ。中洲のジャズクラブは上品だったのでその構図は見えにくかったが、深夜から働くガールズパブではあからさまになっていた。失礼を売り、失礼を買う。失礼は金になるのだ。

数か月間、掛け持ちで水商売をやった甲斐《かい》があってお盆の頃には目標の額が貯まった。あたしはヒースロー行きのチケットを買い、美容院に行って、左右の長さが違う髪を短いほうの長さに合わせてばっさりショートに切ってもらった。

「あんた、その髪は半分だけ切ってもらうとを忘れたとね」とか「金がなくて半分しか切ってもらえんやったのか」とか客に突っ込まれながらもシンディ・ヘアで水商売を続けたのは、そもそも知らない人と話をするのが苦手だから、会話のきっかけを作れると思ったのだった。それに、店の女の子どうしの人気取り競争の土俵から降りて「変わった子キャラ」を演じているのも気が楽だった。どこの店にもイロモノ的な存在はいるものだ。麗しい女装スタッフばかりの「あんみつ姫」にもシゲちゃんがいるように。

「あたし、飛行機のチケット買ったから、今月いっぱいでお店やめる」

中洲のクラブからいつもの駐輪場に向かう道でそう言うと、喜和子は、

「えー。おめでとう。よかったね。先を越されちゃった」

と喜んでくれた。

「そうか。それで髪を切ったのね」

「うん。なんとなく、気分を変えたくて」

どうしてこんなに短期間でお金を貯められたのかと聞かれ、あたしは初めて、駐輪場で彼女と別れた後にもう一つの店に行っていることを明かした。ずっと喜和子には、水商売の掛け持ちをやっていたことを言ってなかったからだ。実は朝四時まで天神で働いていたと言うと、彼女はそれは思いつかなかったと言った。喜和子は昼と夜の仕事を掛け持ちして、三年計画で雑貨屋の資金を貯めるつもりだから、さっさとお金を貯めたあたしが不思議だったらしい。

「ということはチホちゃん、午後七時から午前四時まで、ずっと飲みっぱなしってこと?」

「うん」

「週に六日?」

「うん。深夜にチャリンコで移動する十五分が途中で入るけどね。その間は飲んでない」

「それ、絶対に体によくないから」

喜和子はまじめな顔でそう言った。二つの店でボトル空け要員として重宝されたあたしの飲酒量を考えれば、確かに彼女の言うとおり、あたしは鋼鉄の肝臓を持っていたのかもしれない。

天神のガールズパブのほうに移動すると、店が入っているビルの様子がいつもと違った。

「あんみつ姫」は常に大繁盛だったから、ショーを見て帰る客がビルの外で写真を撮ったり、一階の入り口のところにわいわいとふきだまっていたりするのが通常だった。だが、その日は奇妙なほど静かだったのだ。

「シゲちゃんとこのママのこと、聞いた？」

店に着くなり、しのぶが来てそう言った。

「え？　何？」

「『あんみつ姫』のママ、日航の飛行機に乗っとんしゃったらしいと」

「まさか、あの夕べ墜落したやつ？」

羽田《はねだ》を離陸した日航のジャンボ機が群馬県の御巣鷹山《おすたかやま》で墜落し、五〇〇名ぐらいの乗客がいたが、遺体が次々と発見されているというニュースは今日起きたときにちらっとワイドショーで見ていた。

「なんでまた……。あれって、大阪に行きよったんやない？」

「福岡の便がいっぱいで、大阪経由で帰ってきよんしゃったらしい」

お客さんをビルの下まで送っていったときに、何度かシゲちゃんとこのママを見かけたことがあった。「女にしておくには惜しいぐらい歌がうまい」と言ってしのぶをスカウトしたがっていた。

「生きとんしゃあに決まっとうくさ。一人だけ生き残っとっても不思議じゃないよ、あのママは」

あたしはそう言って、目を赤くしているしのぶの背中をさすったが、「あんみつ姫」のママは帰らぬ人となった。

その数日後、あたしたちはシゲちゃんと会った。ドーランを貸してくれたお礼にと、フランス料理のランチを前から予約してあったのだ。当然のようにシゲちゃんはママのことで沈んでいて、これを機会に田舎に帰ると言っていた。

「あのママが死んじゃうのよ。やりたいことはいまやっとかないと、あたしたちだっていつ死ぬかわからない」

シゲちゃんの夢はお金を貯めて雑貨屋をやることだった（あの頃はみんな雑貨屋をやりたがっていた）。親不孝通りの入り口にあるオクタショップみたいな店を故郷の大分に開きたいのだそうで、まだ貯金は目標額に達していないけれど、思い切ってお金を借りて実行に移すことにしたと言っていた。

「それにしても、シゲちゃん、今日はすごいシックで、お店にいるときと全然違う」

モノトーンのファッションで渋く決めたシゲちゃんは、とても「あんみつ姫」の「がきデカ」には見えなかった。このシゲちゃんならオクタショップみたいな雑貨屋に立っていてもしっくり来る。

「チホちゃんも、もうシンディじゃないのね。ショートカット似合うじゃない」

あたしもシゲちゃんも自分自身に戻ったのだ。

お金を貯める仕事をしている間、あたしたちは死んでいた。でもようやく、死ぬ仕事から生還する。

ロンドンの話や大分の話をするあたしとシゲちゃんの脇で、しのぶは静かに微笑んでいた。彼女の顔の痣はもう普通のファンデーションで隠れるぐらい薄くなっていた。


最後の夜、中洲のクラブにいつもあたしをからかいに来ていた中小企業の社長がやってきた。上品なジャズ好きの客が多い店にあって、この叩《たた》き上げ感満載のオヤジの口の悪さはきわだっていた。なぜか常にあたしを指名して、容姿や酒量の多さをネタにしてからかい、「お前のようなアーパー娘は」と説教を始めるのだった。最後の最後まで、「何がロンドンや。その顔はロンドンって言うより春吉《はるよし》たい」とか言っていたが、帰り際に綺麗《きれい》な包装紙でラッピングされた小箱を渡されて、開けたらグッチの財布が入っていた。

マスターは、ロンドンのジャズクラブやレコード屋の名前が書かれた紙をあたしに渡し、

「行ってらっしゃい」と送り出してくれた。

そして喜和子とは、いつものように駐輪場まで歩いてそこで別れた。

「本当に行くんやね」

と彼女は言った。「行くのね」でも「行くんだね」でもなくて、「行くんやね」だった。喜和子の方言を聞いたのは初めてだ。

「そりゃ行くよ。行くためにお金貯めよったたんやけん」

とあたしも方言で答えた。

「なんか、本当に行く人がいるってことが、異様にうれしい」

喜和子はしみじみとそう言った。明日から、店が終わったら彼女は一人でここまで歩くのかなと思った。


天神のガールズパブに移動すると、しのぶは休んでいた。

「夏の風邪はたちが悪いけん、またぶり返したんやろうかね。チホちゃんの最後の日やのにね」

とマスターが言った。しのぶの歌が聴けないのが残念だった。もう一度、しのぶのシャーデーを聴いてからロンドンに行きたかった。

そんなことを考えながら楽器が置いてあるフロアの中央を見てぼんやりしていると、中洲から流れてきた綺麗どころのお姉さんたちに話しかけられた。

「チホちゃんは、あたしたちの希望の星よ」

「え、なんでですか？」

「ほんとにお金貯めて、ロンドンとか行っちゃうんやもん」

「そうそう。みんなそういう夢があってこの仕事を始めるのに、なんかそのうち、すっかりそんなこと忘れてしまうけんね」

「あたしも心を入れ替えて貯金してどこか行こうかな」

「あたしはパリがいい」

「あたしはミラノ」

それだけでも十分に報酬の良い中洲のクラブから、商売的には格下のガールズパブに流れてきて朝まで副業をするお姉さんたちには、それぞれそうしなければならない事情があることをあたしは知っていた。ものすごい浪費癖があって多額の借金を抱えている人、顔や体をいじり続けるためにお金がいる人、悪い男に寄生されている人。ロンドンに行きたい人、っていうのだってそれと全然違わない。みんな何かが満たされなくて、それを満たすためにお金を使う。あたしだってロンドンに行くことで何かを埋めようとしているだけで、希望の星なんかじゃない。あたしにはあたしの事情があるだけだ。

「元気でねー」「ライブに行きまくりーねー」とみんなに声をかけられて店を出た。どうしても声を聞きたくて、ビルの一階の公衆電話からしのぶに電話をかけてみた。でも呼び出し音が続くだけで、返事はなかった。寝ているのかもしれないし、いないのかもしれない。

あたしはコンビニに行って、しのぶの好きなカールのうすあじやきのこの山などのお菓子と、マイルドセブン・メンソールのタバコを買ってしのぶのマンションに向かった。勝手知ったるオートロックの暗証番号を押して中に入り、エレベーターでしのぶの部屋の階に上がった。

軽くドアをノックすべきかどうか迷ったが、寝ているかもしれないし、彼氏が泊まっているかもしれないのでやめた。バッグの中から手帳を出して、思いつくままにペンで書いた。

「しのぶは日本のシャーデーになれる。シャーデーの国に行ってきます。チホ」

ページを破ってお菓子やタバコが入ったコンビニの袋に入れ、それをドアのノブにぶら下げた。エレベーターの前まで歩いていってから、重要なことを書き忘れたような気がして、あたしはしのぶの部屋の前に戻った。そして紙を取り出して、隅っこにこう書き足した。

「ジョン・レノンはやめておけ」

マンションの外に出て、自転車のロックを外したところでポツポツと額に雨粒が落ちてきた。なんだよ、最後の日に。と思いながら自転車に跨《また》がった。西通りからけやき通りに入ったところで、本格的に雨が降ってきた。

あたしはぶんぶん足を振り下ろして自転車のペダルを漕ぎながら、やけくそになって頭の中でシャーデーの「スムース・オペレーター」を歌っていた。しのぶの歌が聴きたかった。脳内で彼女の声で歌っていたつもりが、いつの間にか酒焼けした女のダミ声になっている。あたしの声だ。雨脚があまりに強くなってきたから、なんでこんな逆境の中で自転車を漕いでるんだよと腹が立ってきて、知らないうちに声を張り上げて歌っていた。

全速力で自転車を漕いでいると何かから逃げている気分になってきた。

いや、間違いなくあたしは逃げていた。

いじりから、いじめから、失礼から、男の暴力から、貧乏から、娘にぶらさがってくる家族から。あたしは逃げて、逃げて、逃げ切ってやる。

自転車で突っ走る道路の先に滑走路が広がっているのが見えた。ざあざあ叩きつける雨で目が開けられなくなってきた。あの滑走路を飛び立つ飛行機にあたしは乗らなければいけない。いま乗らなければもう乗ることはできない。あたしはブレーキを踏んで歩道に自転車を乗り捨てた。まるで逃亡の証拠を隠滅するように。

信号待ちをしていた空車のタクシーがゆっくりこちらに曲がってくる。あたしは片手を挙げて道路に踏み出し、タクシーを止めた。運転手に行き先を告げ、後部座席に座ろうとするとタオルを差し出された。それを受け取り、あたしはもう一度だけ振り向いて歩道に捨てた自転車を見た。

二つの店で働いていた人たちの本当の名前をあたしは知らなかった。誰一人としてあたしの本名も知らない。喜和子とシゲちゃんの名前だって知らなかった。本名で働いていたのはしのぶだけだった。なのにあたしは、あの紙切れにさえ嘘の名前を書いてきた。

あたしは濡れたタオルに顔を埋《うず》めた。

顔を上げると暗い雲の隙間から群青の薄明の空が覗《のぞ》いていた。雨はタクシーが走り出した途端に弱くなり、もうすぐ降りやみそうな気配だ。

まあこんなもんだろう、と笑った。それでもあたしは乗り捨ててきたものを後悔していなかった。

第二話

ぼったくられブルース

家賃と労働のぼったくり

「ほら、そんな抱き方じゃ危ないでしょ。しっかり抱っこしてミルク飲ませてあげて」

金髪のおばさんに怒られてあたしは「ソ、ソーリー」と赤ん坊を抱き直す。

そんなあたしを見ながら、庭のサンベッドの上でボーイフレンドと抱き合って横になっているキキが笑っている。

なんで彼女はいちゃつきながら優雅に日なたぼっこを楽しんでいて、赤の他人のあたしが彼女の子どもにミルクを飲ませてるんだろう。

赤ん坊の祖母である金髪のおばさんは、煙草を吸いながら庭の草花にホースで水を撒《ま》いている。

「リケイ～コ～、庭に来てごらん、薔薇《ばら》の花が満開になってる」

とか言って彼女が庭に誘うので来てみたら、やっぱりこれだ。使われてしまっている。

「英語の勉強になるでしょう」

が、ハマースミスのおばさんの口癖だ。赤ん坊のミルクを温めたり、抱っこしたりすることのどこが英語の勉強になるのかはわからない。しかも、あたしは住み込みのナニー

（ベビーシッター兼家庭教師のような存在）でも何でもなく、毎週あのおばさんに部屋代を払ってホームステイしているのだ。

「キキは十六歳で出産したから、まだ自分自身が子どもなの。家族の助けが必要なのよ」

おばさんはそう言うが、あたしは家族ではない。ホームステイの学生は、むしろ彼女たちにとって「客人」のはずではないのか。

そんな疑問を感じながら、あたしはおばさんに顎で使われていた。なにしろ、このおばさんは押しが強い。「レッツ・ゴー」「レッツ・ドゥー・イット」と「レッツ」「レッツ」を連発してあたしに何かをさせる。本来、「レッツ」は「Let us」の縮約形だから、行為を行う人間は「私たち」のはずだ。なのに、おばさんがこの言葉を使うときには、なぜか行為を行う人間はあたし一人になっている。赤ん坊の世話をしたり、バスルームの掃除をしたり、キッチンで皿を洗ったりするのはあたしなのだ。

おばさんはあたしが独立した一人の人間であるというシンプルな事実すら気にしない。

「リケイ〜コ〜、リケイ〜コ〜」

とあたしの部屋のドアをバンバン叩き、有無をいわさずあたしを連れ出す。そもそも、あたしの名前はリケイコじゃなくて、里佳子《りかこ》なのだが、彼女はそれも気にしない。

こういう話を英語学校ですると、「いいなあ。僕のホストファミリーは全然かまってくれない」「うちは会わない日すらある」と羨《うらや》ましがるクラスメートたちもいる。

だけど、彼らは理解していない。あたしはこの家で、無償のメイドとして使われているのだ。

娘のキキはそれでも最初の頃はあたしへの気遣いを見せた。ほとんど白髪に見えるプラチナブロンドを五分刈りにしたキキは、いつも大音量で音楽を聴いているのだが、あたしが隣室に寝泊まりし始めた当初は、ヘッドフォンを使ったり、ステレオのボリュームを落としたりしていた。あたしがトイレ掃除をしているときも、

「どうしてあなたがそんなことをしているの？」

と便器清掃用のブラシを取り上げたことがあったし、いつもキキの部屋に入り浸っているグリーンのモヒカン・ヘアをした恋人の青年も、

「どうして家賃払って人んちの家事やってんの？」

ともっともなことを言っていたのだ。

だが、慣れというものはおそろしく、いまやあたしがキキの赤ん坊にミルクを飲ませていても、二人は素知らぬ顔でサンベッドの上でいちゃいちゃしている。

赤ん坊がミルクを飲み終わったので、くるっと赤ん坊の体を裏返し、肩の上に小さな頭をのせてポンポンと背中を叩くと、けぷっ、と赤ん坊がゲップした。

「リケイ〜コ〜、もういいわよ。それをキッチンに持ってって、自分の部屋に上がったら」

おばさんはそう言うと、あたしの手から赤ん坊を取り上げた。

「もういいわよ」って、あたしはいよいよ使用人になったのか？

あたしはムカつきながらもにこやかに笑って「オッケー」と哺乳瓶《ほにゅうびん》を握り、キッチンに向かう。流しにはマグやら鍋《なべ》やらボウルやらが所せましと突っ込まれていて、みんなが気にせずにその上から水を使うせいで、汚らしいベージュ色の水が溜《た》まっていて、それがフライパンの取っ手を伝ってぽたぽたと床に落ちている。

不潔だ。あたしはこういうのが大嫌いなのだ。とりあえずフライパンを流しから出して脇に置き、積み重なり過ぎているボウルやマグも脇に置き、汚水を流して食器を洗い始めた。

キッチンの床だって何日拭いていないのか。おばさんの金髪の毛がたくさん落ちているし、犬の足跡やら得体のしれない茶色い物体やらがこびりついている。あたしは家族と一緒に食事はしないが、こんなバクテリアだらけのキッチンは使えない。おばさんは、あたしに哺乳瓶をキッチンに持って行けと言ったが、まさか、こんな不衛生な流しで赤ん坊が口をつけるものを洗うつもりなのだろうか。あたしは結局、赤ん坊の哺乳瓶も洗浄し、煮沸消毒まで済ませた。

翌日、英語学校で同じクラスに入って来たばかりの日本人の子にそういう話をした。彼女はゆみちゃんといい、ケンジントンにある駐英日本大使のお屋敷で本物のナニーとして住み込みで働いているという。一年ほど前、日本大使の家族が赴任してきたときに彼女も一緒に渡英してきたそうで、親が大使の友達だと言っていた。

そんなハイソな環境で暮らす人は、あたしが通っている英語学校には珍しかった。そこはロンドンで一番学費が安い学校で、校舎もボロいし、いつもわんさか人がいて、移民だらけの下町の雑踏をそのまま教室に持ち込んだような学校だったからだ。

「毎週、お給料を貰っているから、そのお金でここに通ってるの。せっかくイギリスにいるんだから、英語の検定試験を受けておこうと思って安い学校を探したんだ」

ゆみちゃんはそう言っていた。

短大を出たばかりで渡英したというゆみちゃんは、長いサラサラの髪を腰まで伸ばし、きちんと育ってきた日本の良家のお嬢さんという感じだった。彼女には、自分で自分の学費を払う苦学生っぽい状況をエンジョイしているような節があった。

きっとこういう子は、日本の実家に一本電話を入れれば、親が必要なお金をすぐに送ってくれるはずで、本当は苦学とかしなくてもいいのだ。

「日本人って、強くノーって言えないでしょ。だからリカコちゃんみたいにホストファミリーに利用されちゃう子、多いよ」

同い年だけど、ロンドンに住んでいる期間でいえば先輩のゆみちゃんにそう言われて、あたしは英語学校の裏庭でうなだれていた。

「……でも、あのおばさん、すごく押しが強いんだよ。こっちの反応とか関係なくガンガン押してくるっていうか」

「だから、こっちの人って、相手が黙っているとOKだと思うのよ。世話をしている子の小学校でPTAがバザーをしたりするんだけど、そういうときに手伝いに行くと、やっぱりみんな押しが凄《すご》いもん。私立の学校だから、そういうときは母親じゃなくて、ナニーとかが手伝いに来てるんだけど、もうそれが国際ナニー連合みたいにいろんな国の人たちがいて、気が付いたらあたしが一人で何もかもやってたりする」

「やっぱりそうなのか……」

「うん。言いたいこと言わないとつけ込まれる。日本とは違うんだから」

「そうだよね……」

あたしが力無くそう言うと、ゆみちゃんが答えた。

「難しいのはわかるけど……。あたしたち、そういう育てられ方してないから」

お嬢さんのゆみちゃんがそう言うのはいいとして、あたしは貧乏な家で蓮《はす》っ葉《ぱ》な育てられ方をしたのに、それでも、あんなおばさんにガンガン押されてしまうのは情けなかった。

その日、あたしは学校の後でまっすぐ帰宅せず、ゆみちゃんが世話している小学生のお迎えに行くのについて行った。

あたしとゆみちゃんは英語学校で正午から午後三時までのコースを取っていた。ゆみちゃんがこの時間を選んだのは、朝、世話をしている子どもを学校に連れて行かなければならないので九時に始まるコースには間に合わないし、午後三時に終わるコースだとちょうどお迎えの時間になるので都合がいいからだ。

その私立の小学校は英語学校の前から十分ほどバスに乗って行った超高級住宅地にあった。立派な校門の前で子どもたちが出て来るのを待っているのは、ほとんどがゆみちゃんのようなナニーやオーペア（住み込みのベビーシッターをしながら留学する制度。転じて人も指す）だった。なぜそれがわかるかというと、みんな小学生の子どもがいるにしては若いし、白人の子どもの手を引いていても人種は様々だったからだ。ゆみちゃんの場合は、同じ日本人の女の子を送り迎えしているので、姉妹と思われることが多いと言っていた。

私立の中でもプレップ・スクールと呼ばれるこの学校は特に上流階級《ポッシュ》な女子校で、子どもたちはアイボリー色のストローで編まれたカンカン帽を被っていた。紺のブレザーの下に臙脂《えんじ》色の丸首のセーターを着て白い襟を出し、グレー地のタータンチェックのプリーツスカートを穿《は》いている。

ゆみちゃんが世話をしている子は、花《はな》ちゃんという三年生の女の子だった。三年生といってもイギリスは五歳で小学一年生になるから、日本でいえば二年生だが、一緒に校門から出て来た少女たちに比べると、花ちゃんはひどく小さく見えた。

「ハナー、バーイ」

友人から言われて花ちゃんも手を振り返す。あたしたちは校門に背を向けて道路を渡り、歩道の上を歩き始めた。

「パパが外交官だから、ママと話し合って海外でも通用する日本語の名前をつけようってことで、花にしたらしいの。英語にしたらHannahで、発音的には同じでしょ」

ゆみちゃんは雇い主の大使夫妻のことを「パパ」と「ママ」と呼ぶのだ。すっかり家族みたいだな、と思っていると、ダイアナ妃みたいなショートヘアに金色の大きなイヤリングをつけたシャネルスーツの女性が、ハイヒールをコツコツ言わせて正面から近づいて来た。

「レティシアを見かけた？」

女性は英語でゆみちゃんに話しかけた。

「花たちが最初に出て来たグループですけど、レティシアはいませんでした」

「そう。ありがとう」

女性は小走りに校門のほうへ去って行く。

「花のクラスメートのお母さんなの。綺麗な人でしょ」

と言った後で、ゆみちゃんは何かを考えるようにあたしをまじまじと見てこう言った。

「ねえ、どうせなら、本当にナニーにならない?」

「え?」

「いま走って行った人、イザベラっていうんだけど、ちょうどいま、住み込みのナニーを探しているの」

突然の展開に、あたしは言葉を失い、ゆみちゃんの顔を見ていた。

「彼女たち、グロスターロードの駅の近くに住んでいて、ママと一緒にあたしもおよばれしたことがあるけど、すごく大きくて立派な家。旦那《だんな》さんは投資銀行家でロイヤルファミリーの遠縁にあたる血筋らしいんだけど、気取った感じがなくて素敵な人。少し前までブラジル人のオーペアがいたんだけど、国に帰っちゃって。いまナニーを探しているのよ」

「でも、あたし経験ないし」

「オーペアだって最初に来るときはみんな経験ないから同じだよ。それに、イザベラは日本びいきで、『ユミみたいな日本人のナニーが欲しい。誰かいたら紹介して』って言ってたから」

ユミみたいな、と言われても、あたしとゆみちゃんでは外見からしてまったく違う。清《せい》楚《そ》でコンサバな彼女と違い、あたしはどっちかっていうとちょっとパンクっぽいっていうか、革ジャンにピタピタのブラックジーンズにドクターマーチンのブーツで、髪だっておっ立てている。おそらく富裕層の奥様が想像している「日本人のナニー」ってのは、こんなのではないのではないか。

とはいえ、これ以上、あのおばさんの家で「家賃を払うメイド」としてこき使われ続けるのも嫌だった。

「あたしなんかで、いいのかなあ」

「大丈夫だよ。だって、リカコちゃんもうナニーの仕事やってるも同然じゃない。実は、週末にママがイザベラとホテルのティールームでアフタヌーンティーをするんだ。リカコちゃんのこと話してもらうよ」

それから話はとんとん拍子に進んだ。

ゆみちゃんのママ（雇用主）がイザベラにあたしのことを話すと、メイド扱いされているという日本人留学生にイザベラはいたく同情し、「いますぐにでも会いたい」と言ったらしい。そしてその数日後には、あたしはグロスターロードの邸宅で彼女と会っていた。あたしはおばさんの家でも日本の家に比べたらずいぶん大きいと思っていたのだけど、このヴィクトリア様式の屋敷の天井の高さや部屋の広さといったら、入ったことはないけど女王の宮殿みたいだと思った。

あたしは一階の二間続きの居間に案内されたが、あまりにも高そうなペルシャ絨毯《じゅうたん》が敷いてあったので思わず汚いブーツを脱いだ。壁には大小さまざまな絵や写真が金色の額に入れて飾られていて、おばさんの家の居間の暖炉の二倍の幅はあるだろう暖炉の上には、やはり金色の立派な置時計とろうそく立てが飾られていた。

「ブーツ、そのままでよかったのよ。ああ、でも日本の文化よね、靴を脱ぐのは」

イザベラは丸首のベージュのセーターを着てハイウエストのジーンズにスニーカーを履いていた。カジュアルな服装だったが、どれも一目で高級なものであることがわかる無駄のない美しいデザインだった。

「うちのことは、ユミからもういくらか聞いているのかしら？」

「はい。お子さんが二人いて、あなたがナニーを探していると」

「そうなの。あなたがホームステイ先で体よく利用されていると聞いて、じっとしていられなくなったの。うちはオーペア用の部屋があるから、そこにいくらでもいてくれていいわ」

「あの……、家賃は払わなくていいんですか？」

「もちろんよ！　ユミのように、朝、子どもたちを学校に連れて行ってくれて、午後にお迎えに行ってもらって、後は、夫婦で外出するときに家で子どもたちを見ていてくれたら、それでいいから」

イザベラは青い瞳をやさしげに細めて微笑んだ。押しの強いおばさんとはまったく違う、ゆっくりとした柔らかい喋り方だ。この人の英語は聞き取りやすい。ホテルで夜間ポーターの仕事をしている英語学校の生徒が、英国人の英語は上流階級になればなるほどわかりやすいと言っていたが、本当のことだったようだ。

「来ます！　日曜日に荷物と一緒に来てもいいですか？」

「ええ、そうしてちょうだい。とても嬉《うれ》しいわ。ユミもきっと喜ぶでしょう」

こんな立派な家にどこの馬の骨とも知れない外国人の娘をこんなに簡単に受け入れるなんて、イザベラはよっぽど日本大使夫妻やゆみちゃんのことを信用しているに違いない。

「今週いっぱいで部屋を出ます」

あたしがそう言ったとき、おばさんは心底びっくりした顔をした。

「ここを出て、いったいどこへ行くの？」

「…………」

何と言っていいのかわからなくなった。おばさんは、あたしを極東の国からやってきた右も左もわからない田舎者だと思っているから（だからこそ、好きなようにこき使ってきたのだ）、引っ越し先を見に来そうな気さえした。あの優雅なイザベラとおばさんが話している絵はどうしても想像できないというか、想像するのも嫌だったので、あたしは嘘をついた。

「ジャパン」

「帰国するの、あなた？」

「……イエス」

「急にどうしたの。何かあったの」

「……イエス」

「それは残念だわ」

厳密にはあたしはジャパンとイエスしか言ってないのだが、おばさんはどんどん話を膨らませて、「もしかして、こないだ日本から来てた手紙？」「家族に何かあったのね」「ローシーズンだから飛行機のチケットもすぐ予約できんでしょ」と勝手にしゃべり続け、面倒くさいから「イエス」と答え続けている間に、すっかりあたしの帰国ストーリーが出来上がっていた。

引っ越す前の晩、なぜかあたしは居間に呼ばれておばさんに酒を勧められた。

「あなた、子どもっぽく見えるけど、二十歳は超えているわよね」

そう言ってグラスにウィスキーを注いであたしに渡したおばさんは、たぶんあたしを居間に呼ぶ前から飲んでいて、話し相手がほしくなったのかもしれなかった。このときあたしは、居間の壁に飾られていた、金髪の外巻きヘアに太いヘアバンドをした六〇年代の主婦風の美人の広告写真が、おばさんのモデル時代のものだと知った。それは二十五年ぐらい前、本当に六〇年代に雑誌に掲載された掃除機の宣伝写真だったそうで、当時は英国中の電器屋にそのポスター版が貼られていたらしい。とてもいまのおばさんと同一人物だとは思えなかったが、髪の長さや基本的なヘアスタイルは若い頃から変わっていなかった。

そして、このときになって初めて、あたしは三か月のホームステイで一度もおばさんの夫に会わなかった理由を知らされた。彼は愛人と暮らしているらしい。おばさんは「離婚が成立してこの家が自分のものになったら売って引っ越す」と言っていた。なんでそんな込み入った話をいまさらあたしにするのかよくわからなかったが、よく考えてみれば、おばさんはあたしは明日、遠い国に帰ると思っているからこういう話をしたのだろう。旅の恥はかき捨て、ならぬ、留学生への恥は言い捨て、だ。

でもあたしは実は日本に帰るわけではないので、ちょっと胸が痛まないわけでもなかった。

主体性と自尊心のぼったくり

あたしはイザベラのにこやかな笑顔でグロスターロードの広い屋敷の中に迎え入れられた。だが、実は到着した日から、「あれ?」という失望感をおぼえることになった。

まず、案内されたあたしの部屋というのは、薄暗い地下にあった。階段を下りて左側に行くと、突き当たりに広いキッチンがあって、その隣は洗濯機やアイロン台、掃除道具などが収められた小さな家事部屋になっていた。階段から見て右側の突き当たりにはバスルームがあり、廊下を挟んで両側に一つずつ部屋があった。そのうちの一つがあたしに用意された部屋で、ドアを開けた瞬間、あたしはその暗さに驚いた。窓がないからだ。ベッドは安いB&Bにあるような簡素な木枠で、ベッドカバーやシーツもずいぶん年季が入った感じの、子ども部屋の使い古しみたいな柄だった。オーペアが使っていた部屋にしては机もなく、折り畳み式の小さなテーブルと、オフィスの会議室にあるような殺風景な椅子が一つと、これも子ども部屋のお下がりだろうというような、動物のステッカーの跡があちこちにある白いクロゼットが一つあった。

クロゼットの隣にドアがあり、開くと大きな円筒状の温水ボイラーが入っていた。ここから屋敷のあちこちに温水が送られているのだろうか、とにかくこれが断続的に物凄い音を発した。

イザベラに会いにこの家に来たとき、「エル・デコ」誌の写真のような上階のインテリアしか見なかったあたしは、このギャップに驚いた。ヴィクトリア朝を舞台にした英国の小説や映画に、貴族の一家が上階の美しい部屋に住み、使用人たちは薄暗い地下で過ごしている様子が出てくる。が、まさか一九八〇年代の英国で同じような光景を見ようとは思わなかった。

でも、家賃を払っていないのだから贅沢《ぜいたく》は言えない。だから翌日、学校でゆみちゃんが「どんな部屋に寝ているの？　イザベラのことだから、ナニーの部屋も素敵なインテリアなんでしょ」

と聞いて来たときにも、

「うん。快適」

とだけ答えておいた。紹介してくれた人に、部屋が暗いとかうるさいとか文句を言ってはいけないと思ったからだ。

イザベラは穏やかでやさしげだったが、なぜか少しずつあたしの仕事は増えていった。子どもたちの学校への送り迎えと、彼女と夫が外出するときの子守りだけすればいいと言われていたはずだったのだが、そのうち夕食の支度を手伝ってと言われ、一度手伝ったらそれが毎晩のことになった。イザベラがにこにこしながら「こっちに来て」と手招きするので何だろうと思って家事部屋に行くと、洗濯物がたくさん籠《かご》の中に入っていて、「手伝って」とアイロンを手渡された。

小学校三年生のレティシアと一年生のエドワードは、とても礼儀正しい子どもたちだった。レティシアが通う女子校のすぐ近くにある男子校にエドワードは通っていて、送り迎えに苦労はしなかった。

世話をする子どもたちには何の問題もなかったのだが、イザベラの夫であるジョージには奇妙なところがあった。すらりとして背が高く、銀縁の眼鏡をかけたソフトな印象で、良い夫であり良い父であることが外見から滲《にじ》み出ている人だったが、彼はなぜか、地下のバスルームを使用した。上階に立派なバスルームがあるのに、どういうわけか薄暗い地下にシャワーを浴びに来る。本人は「自分のバスルームの使い方が汚いのでイザベラが嫌がるから」と言っていたが、誰もいない地下に誰かの足音が響くのは怖かったし、彼は時々、あたしの部屋のドアをノックするのだ。

「リカコ、いるんだろう？」

投資銀行家の彼には日本人の仕事仲間がいるそうで、英国人にしては珍しくあたしの名前をきちんと発音することができる。

「仕事が忙しくてあまり家にいないから、しばらく君と会ってなかった。どうだい？　子どもたちのことで問題はない？」

ドアを開けると、彼はそう言って邪気のない笑顔で立っているのだ。だから、気持ちが悪いとか感じるほうがおかしいのかなと思ってそのことを話すと、

「いや、それは絶対におかしい。前のオーペアともできてたんじゃないの？」

と言ったのはジョニーだった。アイルランドから出て来て仕事を探していたジョニーとは、ハマースミスのおばさんの家に住んでいた頃、近所にあったリバーサイド・ステューディオの映画館で知り合ってたまにデートみたいなことをしていた。

「オーペアと受け入れ先の家庭の父親がいい仲になるのは、アイルランドでもよくある話だよ」

と彼は言った。そういうことを言われるといい気はしないし、しょっちゅう家にいるといろんな家事をさせられることもあり、あたしは夜になると頻繁に出かけるようになった。ジョニーと一緒にライブを見に行ったり、クラブに踊りに行ったりした。週末になるとジョニーがアイルランド出身の友人たちとシェアしているフラットに泊まり、月曜の早朝にグロスターロードの屋敷に戻って子どもたちを学校に連れて行った。

イザベラはあたしの外出が増えたことについて何も言わなかったが、家にいる間にまとめてやらせてしまおうと思うらしく、あたしの姿を見かけると、籠一杯の洗濯物を渡したり、キッチンの床を拭くモップを握らせたりした。

ハマースミスのおばさんの家では「レッツ・ドゥー・イット」と言われても、結局それは「Let us」じゃなくてあたしが一人で立ち働くことだった。そしてこの家では「ヘルプ・ミー」とイザベラに言われても、それはあたしが彼女を手伝うという意味ではなく、あたしが一人で家事作業をやれということだった。どちらの場合も、彼女たちは自分を主体として言葉を話しているのに、実際の行為の主体はあたしだった。

朝夕の子どもたちの送り迎えをこなし、英語学校に行って、家にいる時間はマキシマムにこき使われて、そのうえ夜遊びまでしているものだから、あたしはそのうちげっそりとやつれてきた。

「イザベラが、心配しているよ」

ある日、学校の休憩時間にゆみちゃんがそんなことを言った。

「夜の外出が多いんだって？」

あたしはゆみちゃんに向き直って尋ねた。

「ねえ、ゆみちゃんは家賃を払ってなくても、毎週、賃金を貰えるんだよね」

「うん。賃金ってほどじゃないけどね。お小遣い程度」

「あたし、子どもの世話だけじゃなくて、どんどん他のこともさせられてるんだけど」

「どこのナニーも多少は家事の手伝いをしていると思うよ」

あたしの反抗的な口調をたしなめるようにゆみちゃんが言った。

「ナニーの仕事って、レストランやショップのシフトみたいに時間がきっちり決まっているものじゃないから、『ここまではやるけど、ここからはやらない』っていう線は引けないよね」

ゆみちゃんはごく当たり前のことを話すように、そう言った。

「だけど、ナニーの仕事も労働の一つでしょ。労働には雇用主との契約ってものがあるのが普通じゃない？」

実際、ハマースミスのおばさんにはプロのナニーの友人がいて、何度かおばさんに連れられて彼女の家に行ったことがあった。その人は住み込みで働いているわけではなく、時間給でいくつかの家庭の子どもの面倒をみていた。自営業者として登録していて、自分でそれぞれの家庭との雇用契約書も作っていると言っていた。

ナニーとしての労働は同じはずなのに、学生だけが言われるままに何時間でも働かされて、業務の線引きもできないというのは、おかしいのではないか。

「イザベラはリカコちゃんを助けてくれた恩人なんだから、契約とか雇用主とかそんな言葉使うの、なんか間違ってない？」

ゆみちゃんはサラサラの長い髪をかき上げながら、ものすごく下品なものでも見るような目であたしを見てそう言った。

その日から、あたしは英語学校に通っているオーペアの子たちに片っ端から質問をして彼女たちの待遇について調べた。あたしたちの学校にはオーペアが多かったからだ。ゆみちゃんのように授業料を自分の賃金から払っている子もいたし、中には学費を受け入れ先の家庭に払ってもらって、さらにお小遣いまで貰っている子もいた。南欧や中南米の国から来たオーペアの子たちは、オーペアを斡旋《あっせん》するエージェンシーを通じて雇い主の家族を紹介されていたので、エージェンシーを介して契約書を取り交わしていた。だから、一日の拘束時間や、業務内容もきちんと決まっていて、のんべんだらりと家にいる時間はずっと働かされるというヴィクトリア朝時代のメイドのような雇用形態にはなっていなかった。

となると、家賃は無料でも賃金などは一銭も貰っていないあたしが、家にいる時間ずっと家事をさせられなければならない理由はない。

「EXPLOITATION っていうんだよ。そういうのを」

ジョニーはそう言った。知らない単語だったので、あたしはその言葉をいつも持ち歩いているミニ英和和英辞典で調べてみた。日本語の意味は「搾取」と書かれていた。聞いたことのある言葉だが、意味は知らない。

それで今度は辞典の後半にある和英の部分で「搾取」を引いてみた。日本語の意味がわからないときに、和英で引いてみるとすんなりわかることがあるからだ。案の定、「搾取」の英訳は、「EXPLOITATION」が最初に出て来たが、「RIP-OFF」というのもあった。これなら日常的に使われる言葉なので意味がわかる。

「ぼったくり」ということだ。

搾取って、ぼったくりという意味だったのか。

それがわかってから、あたしはイザベラの態度にとても敏感になった。ぼったくるという行為には、その対象を騙《だま》すという手法も含まれているはずで、そう思うと、イザベラのやさしい笑顔や、丁寧で思いやりに満ちた言葉遣いなども、ぼんやりした日本人の若い娘を利用するための欺瞞《ぎまん》に見えてきたからだ。

「この状況は不公正ではないか」というもやもやとした感覚に、それを端的に言い表す言葉を与えられると、日常の体験にくっきりとした輪郭が与えられる。自分に何が起きているのかはっきりわかってくるのだ。あたしはめっぽう反抗的な気分になった。自分を騙してぼったくろうとしている人の言いなりになっていてはいけない。こちとら、伊達《だて》にパンクロックを聴いてきたわけではないのだ。

とはいえ、反逆のナニーであることは難しかった。親があたしをぼったくっていたとしても、子どもには罪はない。しかも、レティシアもエドワードも、分別のある良い子であり、英語で言うところの「spoilt brat（甘やかされたクソガキ）」ではなかった。

行儀のよい二人と接していると、たぶんこの子たちは、これまで何人ものオーペアやナニーに面倒を見られてきたんだろうなという気がした。子どもは大人のことを信用しないとわがままや本音を言わないものだが、どれだけ時間を一緒に過ごしても、彼らがあたしに気を許している瞬間を実感することはなかった。

だから、レティシアもエドワードもあたしを困らせるようなことはなかったのだが、ある晩のことだった。イザベラとジョージはディナーパーティーか何かに行っていて、レティシアとエドワードは三階にある子どもたち用の居間でビデオを観ていた。で、子守りのあたしも二人のそばに座っていたのである。

「お腹が空いた」

とエドワードが言うので、階下のキッチンで彼の好きなチーズとハムのサンドウィッチを作り、脇にサラダを添えた皿を三階に持って上がった。エドワードはそれを見て、

「二つは食べられない。一つでいい」

と言って、一つだけ手に取り、皿をレティシアの前に差し出した。

「もう一つのほう、食べる?」

レティシアは首を振る。今度は皿をあたしのほうに差し出し、エドワードが言った。

「食べる?」

もったいないし小腹も空いていたので、「OK」と手を伸ばそうとすると、急にレティシアがソファから立ち上がり、叫んだ。

「ノー!」

思わず皿から手を引っ込めると、レティシアがエドワードのほうを向いて言った。

「ここで彼女たちに食事をさせてはいけないってマミィが言ってたでしょ」

「オー」とエドワードが思い出したようにつぶやく。

「階上《アップステアーズ》で一緒に食事をさせてはいけないっていう決まりを忘れたの？」

レティシアはさらにそう言った。

アップステアーズ、と彼女は確かに言ったのだった。ステアーズは階段、アップはその上ということだが、であればこの場合のステアーズとはどの階段を指しているのだろう。それが一階と二階の間の階段や、二階と三階の間の階段を意味しないのは明らかだった。それは一階と地下の間の階段なのだ。やはりこの家は、建築様式だけでなくて生活様式まで十九世紀のままだったのか。

「させる」という使役動詞もあたしの脳裏に刺さった。「彼女たち」と呼ばれている大人に「食事させる」とか、「持って来させる」とかいう表現を八歳の少女がふつうに使っているのだ。「彼女たち」の一人が自分の目の前にいるのに。

まったく悪びれた風もなく、涼しい顔でソファに座り直したレティシアを見ていると、これが上流階級の女子というものかと、ちょっとその風格に圧倒される気もした。彼女の表情には気まずさの欠片《かけら》もなく、ビデオの続きを観て楽しそうに笑っている。

彼女がこのように振る舞うのは、階上で暮らす人間と階下で働く人間は別の人種であると親が教えているからだ。いよいよ反逆の狼煙《のろし》を上げたくなってきたが、ブチ切れて暴れる勇気はなかった。そんなことをしたところでお金も引っ越す先もないからだ。

が、ある朝、切れずにはいられない出来事が起きた。

それはいつものようにジョニーたちの家に泊まって、地下鉄で午前六時過ぎに戻って来た月曜の朝だった。地下の自分の部屋に入るとまもなく、誰かが階下に下りて来る足音がした。またジョージがシャワーを浴びに来たのだろうと思って身を潜めていると、ドアを叩く音がした。

「リカコ、グッド・モーニング・リカコ」

やっぱり、あたしが玄関から帰って来たのを知って下りてきたのだ。いまさら寝たふりをするのも何だが、早朝に戻って来た人間がベッドに横になって眠ってしまってもおかしくない。そういうことにしようと思ってあたしは返事をしなかった。

「リカコ、リカコ」

しかし、相手は諦めない。

「タオルがバスルームにないんだけど、どこにあるのかな」

ジョニーのところに泊まりに行く前にシャワーを浴びて、タオルを洗濯用のランドリーバスケットに入れてそのままだったことを思い出した。あたしはしかたなく歩いて行ってドアを開けた。

「！」

あたしはびっくりして言葉を失い、棒立ちになっていた。ジョージが裸でそこに立っていたからだ。いや、正確には裸ではなかった。白いブリーフ一枚のジョージがあたしの顔を意味ありげな眼差《まなざ》しで見下ろしていたのである。

長身のジョージはドア枠の上部に両手を置いて両腕をだらりとさせ、ゆったりと前屈《かが》みの姿勢で、明らかに「アイ・アム・セクシー」ポーズを取っていた。どす黒い感情が一気に沸き上がってきて、あたしは挨拶《あいさつ》もせずにジョージの両腕の下をくぐり、家事室のほうに歩いて行った。

そしてチェストの引き出しを開けてバスタオルを一枚出し、自分の部屋の前に戻って無言でジョージの前に突き出した。彼はあたしの顔を見て微笑しながら言った。

「ソーリー。我慢できなかったんだ」

あたしは再びドア枠からだらりと垂れた彼の二本の腕の下を通って自分の部屋の中に戻った。そして、

「後でお会いしましょう《See you later》」

というごくふつうの別れの言葉をぶっきらぼうに述べてドアを閉めたのだったが、上機嫌でジョージが鼻歌を歌いながらバスルームに向かって行くのが聞こえた。

もしかして、「後でお会いしましょう」を変な意味に取られたのだろうかと不安になった。そうでなければ、どうしてあんなに爽《さわ》やかでハッピーそうでいられるのかわからない。

挨拶もせず彼の前から歩み去り、黙ってタオルだけ取ってきて彼に渡したナニーの無言の怒りを、彼は感じ取らなかったのだろうか。この子、不機嫌な顔つきになってるなとか、僕に不快感をおぼえてるなとか、他者の気持ちを察したり、想像したりしないのだろうか。

ふとそのとき、三階の子ども専用の居間で見たレティシアのふるまいを思い出した。

もしかすると、彼らにとって、あたしはここにいるのにここにいない人間なのではないだろうか。

つまり、サンドウィッチを作らせたり、セックスさせたり、何かの行為をさせるときには存在するのだが、人間としてのあたしは存在しない。そう、要するにここでも使役動詞の問題だ。階下に寝る者は何かを「させる」ために同居している労働力に過ぎず、「彼女たち」は何かを感じたり、ムカついたりする主体性のある存在としては認識されていないのだ。

ぼったくられている。

あたしは賃金だけでなく、人間としての主体性さえ搾取されている。

頭の中で何かのネジがはじけ飛んだ。

ささやかでも反撃を始めるときだった。


その翌週、「ウィークエンド・アウェイ」とか言って、金曜の夜から一家がコッツウォルズの別荘に出かけたので、あたしはジョニーを家の中に招き入れた。ギネスの缶をしこたまリュックに詰めてやってきたジョニーは、

「すげえ、めっちゃポッシュ。こんな屋敷、映画でしか見たことない」

と言って家の中を歩き回り、いろんなものを触りまくった。主体性を奪われたナニーとして彼らに服従してきたあたしは、家の人たちが誰もいない時間に階上をうろついたことはこれまでなかった。好奇心よりも、「してはいけないこと」という強い禁止の感覚が勝っていたし、時おり家に来ていた清掃人がいきなり入ってきたらどうしようという恐怖心もあったからだ。

しかし、週末に清掃人が来るわけがないし、やっちまえ、と思ってジョニーが屋敷の中を見て回ることを許したのだが、それにしてもわが者顔でいろんな部屋にずんずん入って行く彼を見ていると少しハラハラした。

ジョニーは二階の書斎の本棚を見て、「おお」とか「ふーん」とか言いながらジョージ

の本のコレクションを見ていた。いちおうアイルランドでは詩人をしていたらしいので、ほかのことには構わなくとも、ジョニーは本にだけはうるさい。急にきりっとした目つきになって、「育ちのいい、鋭い知性はない金持ち。そういう本棚」と品定めしていたが、

「ぶっ。マジでこんなの持ってる！」

と噴きながら一冊の本を取り出した。裸で抱き合ってキスしている男女のイラストがカバーに施されている。

「何、それ」

あたしが反応すると、ジョニーはその『ジョイ・オブ・セックス』という本をパラパラとめくって見せた。いろんな体位で性交している男女のイラストが描かれ、その脇に詳細な解説文みたいなものが記されている。

「これを見て、ワイフのために勉強してるんだろうなあ。書斎の本棚に立ててあるのがいいね。ははは」

とジョニーはおかしそうだったが、先日の朝のことがあっただけに、あたしには笑えなかった。この本で得た知識を、彼が誰を相手に試していたかはわからないからだ。

「オーペアと受け入れ先の父親が妙な関係になるのはよくある話って、前に言ってたでしょ」

「うん」

「それって、弱い立場の人間は強い人間を受け入れがちだってことじゃないかな」

あたしが言うと、ジョニーが怪訝《けげん》そうな顔で尋ねた。

「もしかして、何かあった？」

隠す必要もないと思ったので、あたしはジョージが白ブリーフ一枚で部屋の前に立っていたことについて話した。ジョニーは立派な机の前にある深緑色の革張りの椅子に座っていたが、そこからずり落ちて大笑いした。

「すげー。それコメディのワンシーンみたい」

「コメディじゃないよ。その場にいたら」

あたしが真面目な顔で言うと、ジョニーも笑うのをやめて言った。

「出ちゃえ、こんな家」

「住むところがなくなっちゃう」

「うちに来れば？」

あたしはじっとジョニーの顔を見ていた。三つの寝室と一つの居間があるフラットで六人のアイルランド人が暮らしている彼の「うち」は、住居というよりはコミューンみたいな感じで、あそこに引っ越したとしても、あたしには寝るベッドもない。寝袋は一つ余っていたような気がするが。

　彼の提案を受け入れる気にはならなかったが、それでも結局、このときジョニーを屋敷に招いたことがあたしの進退問題に発展した。一階の居間でジョニーとテレビを観ていたときに、ジョニーが絨毯の上にギネスをこぼしてしまい、「ペルシャ絨毯だから、模様の一部に見えるよね」とか言っていたのだが、やはり清掃人が見つけてイザベラに言いつけたのだった。

　だが、それだけではなく、ジョニーが触りまくったいろいろな部屋のいろいろなものから家族のメンバーたちが異変を感じたのだろう。彼らがコッツウォルズから戻って来た二日後にあたしはイザベラに寝室に呼び出された。


「週末に、何があったの」

　イザベラはベッドに腰掛けて洗濯物を籠から出して選り分けながら言った。

　イザベラとジョージの寝室に入ったのは、これが初めてのことだった。ジョニーはこの部屋にも入ろうとしたが、夫妻の寝室に入ることだけは気が引けて、あたしが止めたからだ。大きな窓から燦々《さんさん》と日が差し込み、上品なベージュのベッドカバーがかけられたキングサイズのベッド、壁には絵画が飾られて天井の中央にはシャンデリアが下がっていた。

うららかな春の陽だまりを思わせる部屋の明るさと暖かさだった。暗くて寒い地下室とはえらい違いだ。豪奢《ごうしゃ》な寝室には専用のバスルームもついている。

「ソーリー」

と、あたしはとりあえず謝った。

「あなたは私の質問に答えていません。週末に何があったの、と聞いているの」

イザベラはあたしの顔を見てそう言った。

「……友達を呼びました」

「お隣の人が、男性が庭にいたのを見たそうです」

「……ボーイフレンドです」

あたしは正直にそう言って思わず俯《うつむ》いた。するとイザベラは、顔を斜めに傾けながら尋ねた。

「ここはあなたの家ですか？」

「…………」

あたしは言葉に詰まった。あたしはここに住んでいるからだ。

「ノー」

とあたしは答えた。それが、イザベラがあたしに言わせたい答えだからだ。

「だったら、どうして人を招いたりしたのですか」

「ソーリー」

あたしはまた謝った。

「そうじゃないでしょ。あなたは質問に答えていません」

どうして勝手に人を招いたのか。その理由は、あたしが地下に住む人間の分際で思い上がっていたから。あたしが他人のものを勝手に使う泥棒猫だから。

そういうことをイザベラは言わせたいのだと思った。そしてあたしに「すみません、もうしません」と誓わせたいのだ。

「それは、あたしがあなたたちをリスペクトしていないからだと思います」

なのに、あたしは全然違うことを口走ってしまっていた。

イザベラは驚いたように目を見開いた。

もう後へは引けない。そう思うと胸がどきどきして顔が熱くなった。

「出て行きます。今日、いますぐ出て行きます」

あたしが言うと、イザベラは首を振りながら、ひどいことを言われて傷ついた人間のような顔になったが、それはどこか恩着せがましい表情でもあった。

「あなたには期待していたのに、失望しました」

あたしは夫妻の寝室から走り出て、四階から地下までの長い階段を駆け下りた。涙がこぼれてきた。虫けらのように小さい「地下人」のくせに、それでもイキがっている自分が滑稽《こっけい》だった。「失望しました」なんて、あんなエレガントに上から目線で言われて、それを悲しいと思ってしまった自分自身が惨めだった。

　あたしはあたしを守らなければいけないと思った。あたしがあたし自身でいるために、あたしはここから出て行かなければならない。


　自分の部屋に戻って荷物をまとめ始めた。もともとスーツケース一つでやって来たのだから、すぐに荷物を入れてしまうことができる。バスルームに洗面道具を取りに行ったら、ドアの内側のフックに、いかにも上質そうな生地のブルーのバスローブがかけてあったのでムカついてきた。

　あたしは部屋に戻って化粧ポーチの中から口紅を取り出した。この家にいるときは淡いピンクのおとなしい色のやつを塗ってたけどな、外で遊んでいるときはこんなダサい色、塗らねえんだよ、と日本語でつぶやきながら、あたしはバスルームに戻った。

　そして黒い口紅で洗面台の鏡にこう書いた。

「THE WHITE BRIEFS ARE NOT SEXY《白ブリーフはセクシーじゃないんだよ》」

あたしは急いで部屋に戻り、スーツケースを閉じてリュックを背負った。子どもたちに別れを告げられなかったなと思ったが、特に残念だとは思わなかった。

床からスーツケースを持ち上げ、ドアを開けてもう一度だけ振り返って部屋の中を見た。初めて来た日と同じようにそれは夜の如く暗く、ごおお、ぶいいいいん、ぼおおおっとボイラーが大きな音をたてている。

重いスーツケースを抱えて階段を上ったあたしは、居間のほうに歩いて行って、玄関の鍵《かぎ》をテーブルの上に置いた。ここならすぐにイザベラの目につく。

あたしはそのまま玄関に進み、重い扉を開けて外に出た。

さて、これからどこに行こう。なんて考えるふりをしたところで、行ける場所は一つしかない。カラ元気でもないよりはましだろう、と黒い唇でにっと笑ってみた。そう、セルフリスペクトだと思った。セルフリスペクトのためにあたしは今晩から寝袋で寝る。

スーツケースの底についた車輪がガラガラ大きな音をたてて、ひっそりとした高級住宅街の静けさを乱していた。うっすら霧さえ出ている曇天の日なのに、なぜかすべてのものの輪郭が昨日よりくっきりと鮮やかに見えている。

角を曲がると赤と青の地下鉄のマークが見えた。転がる車輪のけたたましい音とともに、あたしは駅のほうに歩いて行った。

第三話

売って、洗って、回す

売る

どうしてあのおっさんは、ああなのだろう。

店から少し離れたところにある柱の陰に立ち、じっとこちらの様子を窺《うかが》っている。

ショーウィンドウを覗いている女性たちを、どうやって店内にあたしが引き入れるか、食い入るような目つきで観察しているのだ。そして、あたしが呼び込みに失敗すると、ものすごい勢いで近づいてきて、叱り始める。

「何を言うてたんや、いま。恥ずかしそうな小さな声で言うたかて、聞こえてへんやろ。このビルの中にいくつ店がある思っとんねん。いかにも自信なさそうな声でぼそぼそ言うたかて、誰も聞いてへん」

一八〇センチは優に超えている長身のオーナーに上からガミガミ言われると、あたしはただ黙って俯《うつむ》いてしまい、何も言い返せない。言い返せるわけがない。この人は雇い主だから、言い返したらクビになる。

「ええか、こうやるんや」

と言って、オーナーはあたしを相手にセールストークを始める。

「きれいな色のワンピースでしょ。今年はベージュが流行ですけど、あんまり土っぽい汚い色は肌がくすんで見える。でも、これぐらい微妙な青みが入っていると、着たときに肌の色がきれいに見えます。そこまで計算し尽くされた色なんです。試しに鏡の前で当ててみませんか」

どうしてこのおっさんは、こうなのだろう。

関西弁であたしを叱りつけるときにはめっちゃ嫌なおっさんなのに、標準語でセールストークを始めると実直そうなナイス・ガイに豹変《ひょうへん》する。それはちょっと詐欺師を見ているようで怖くもあった。

「わかったか、もう一回やってみ」

そう言ってオーナーはまた柱の陰に戻った。ひょろっと瘦《や》せているから、きれいに柱の陰に隠れてしまう。最初は彼がそこに身を潜めて店員を監視していることを知らなかった。長い棒みたいな体形の彼が柱の陰からいきなりぬっと出て来たときには、柱が二本に分裂して歩き始めたかと思ってびっくりした。

またショーウィンドウを覗いている若い女性の二人組がいる。胸の鼓動が激しくなった。さっさと出て行って客引きをしないとオーナーに叱られる。

「きれいな色のワンピースでしょ。今年はベージュが流行ですけど、土みたいな汚い色ですよね。でも、このワンピースはブルーだから、あの、……とにかく中に入って当ててみてください」

今度は大きな声でオーナーに聞こえるように喋った。でも、さっきの彼のトークを忠実に再現しなければと思えば思うほどしどろもどろになる。隣の店にまで聞こえるような大きな声で喋っているのに、女性たちはまったくあたしを無視して歩き始めた。声の大きさは関係ないみたいだ。

再び秒速で柱の陰からオーナーが出て来る。

「なんや今の。お前ちゃんと人の話、聞いとったんか。このワンピースのどこがブルーなんや。青みがかったベージュ言うたやろ、ちゃんと俺の言うこと聞いとったんか」

またぞろ頭上からオーナーが関西弁でがなりつける。関西弁がこんなに威圧的になり得るとは知らなかった。いままでは関西弁っていえば、芸人とかがテレビで喋っている面白い言葉というイメージしかなかった。

「なんでお前はそんなに上の空なんや。俺をバカにしとんのか」

あたしは黙って下を向く。

「何か言うてみ。俺の言うことのどこがわからんのや」

わからないことだらけです。ショーウィンドウの中のワンピースのベージュのどこが青みがかっているのか、ワンピースを当ててみたら本当に肌がきれいに見えるのか、そもそもベージュが今年の流行色っていうのも本当ですか。あなたが言っていることは全部嘘じゃないですか。

　そう思いながら黙っていると、オーナーはさらに声を荒らげた。

「お前、だいたいうちの商品のこともバカにしてるやろ。せやから自分で買《こ》うて着ようとせえへんのや。ダサい思てバカにしてるから一着も売れへん」

　オーナーに言われてあたしは顔をあげた。

「お前、あのワンピース買うて、自分で着て売ってみ」

　やばい、と思った。服を売れないのなら、自分で買って売り上げにしろと言われているのだ。お金を貯めるために働いているのに、服を買わされるなんてとんでもないと思ってあたしは言った。

「私、お金ないですから。うちも貧乏だし」

「給料から天引きでええ。従業員が買うときは七がけやしな」

　オーナーはそう言ってショーウィンドウに入っているのと同じワンピースを持って来て、あたしの前に差し出した。

「ほら、すぐ着替えて。今日は絶対にこれを一着売ってもらわなあかん」

奥のほうで棚の上のカットソーを畳み直していたマキちゃんがこちらを見ている。一つ年上のマキちゃんは、十九歳なのに二十五歳ぐらいに見える。セールストークもうまくてモデルみたいに長身の美人なので、彼女に憧れて服を買いに来る顧客も多くて、オーナーのお気に入りだ。

醒《さ》めた顔で立っているマキちゃんの前を通って、あたしはオーナーに渡されたワンピースを持って試着室に入った。自分の服を脱ぎ、ローウエストのベージュのワンピースを着た鏡の中の自分は土管《どかん》みたいに見えた。

全然、似合わない。しかも、めちゃくちゃダサい。

鏡を見ていると泣きたくなってきた。すぐにこの場から走って逃げたかった。でも、いま逃げたらあたしの三週間分の給料はどうなるんだろう。逃げ捨てになってしまう。貰いに来たところで、あのオーナーがくれるわけないから。

そう思うと、土管でもなんでもいいから着て働くしかなかった。

あたしはカーテンを開けて試着室から出た。レジカウンターの上に肘をついていたマキちゃんが、ぷっと笑いそうになった。

「マキ、なんとかしろ」

オーナーがあたしを見て言った。

「これを巻くといいよ。背が低いからあんまり似合わないし、それじゃ売れない」

と言ってマキちゃんが細いベルトを持ってきた。

着ぐるみなんだ。あたしは着ぐるみ、と思った。愛嬌《あいきょう》を振りまくだけじゃなくて、服を売らなくては買わされてしまう着ぐるみ。

洗う

次から次へとハンガーにかかった服が目の前に流れて来る。

天井から吊《つ》るされた電動のパイプが工場の中を、が、す――――んという微妙な音と共に動き続ける様は、ジェットコースターのレールを連想させた。だけど、この工場の中を走っているのはジェットコースターじゃない。一定の距離を保ちながらゆっくりと流れて来るコートやジャケットやシャツやセーターやワンピースだ。ハンガーでパイプに吊るされた衣服が次から次へと滑るように宙を移動してくる。

何年か前、洋服屋で働いていたときに最初に買わされた服にそっくりなベージュのワンピースが流れて来たのでハッとした。あれを買った頃は、毎日、どん底の気分だった。

どん底の気分のときには、人は泣けない。泣くのはセンチメンタルになれる余裕のあるときだ。どん底には柔らかな感傷なんてない。気分を尖《とが》らせ、高揚させ、ムカつきを体を動かすガソリンにして明日も働くだけだ。だからあの頃は毎日セックス・ピストルズを聴いていた。中学生のとき以来、まじめに聴いたこともなかったパンクソングを聴いて、あのクソ関西弁のクソじじいがクソみたいなこと言いやがってとムカつきながら、「お前なんかに未来はない」と頭の中で毒づいていた。

セックス・ピストルズだけがあの頃のあたしを生かしていたなあ。

などと思っている間にも、ぎ――――ん、ガタン、という音と共にハンガーにかかったワンピースの高さが低くなり、ワンピースがこちらに近づいて来た。あたしはブラシを握った右手をワンピースの裾《すそ》のあたりに近づけ、白い糸くずを払い落とす。前から後ろから服を見回し、問題はないか確認してから服を離れ、次の工程へと流す。ベージュのワンピースはこれから透明のビニールをかけられてクリーニング作業が完了した服になるのだ。

新米バイトのあたしは、いつも最終点検の工程に回される。今日はビニールがけの前のチェックの仕事だ。服に糸くずや毛髪やゴミがついていたらブラシで払い、全体的に不具合はないか目で見て確認し、何か問題があれば服を外して不備のラックにかける。問題がなければそのまま服は先に進み、クリーニング会社の名前のロゴが印刷されたビニールのカバーをかけられる。その後にもチェックする係がいて、ビニールがきちんとかかっているか、機械がビニールを切るときに変な具合にカットされてビニールの切れ端が垂れ下がっていないかなどを入念に点検する。

あたしはいまのところ、いつもブラシかけの役割か、ビニールカバー・チェックの役割だ。アイロンがけだの、ズボンのプレス仕上げだのという工程は、経験を積んだ人々がやる仕事だからだ。

こんな大規模な工場で働いたのは初めての経験だった。最初はその静けさに驚いた。静かだからこそ、す――――んとか、ぎ――――ん、うぃ――――ん、ガタンとかいう、機械が発する音がものすごく大きく響く。休憩時間になって機械が止まるまで、ここでは誰とも喋らなかった。同じ洋服を扱う仕事でも、喋り倒して売らなければならなかった仕事とはまるで正反対だ。

クリーニング工場の夜間作業員の仕事は時給が高いことが魅力だった。日が暮れてから出勤して、夜が明けてから帰宅する。ホステスや所謂《いわゆる》「コンパニオン」の仕事と比べたら長時間労働だし、時給も安かったが、もう誰とも喋らなくていいことに救われた。酔っ払いのオヤジたちに顔や体形のことであれこれいじられたり、面倒くさそうなインテリ気取りのエリートに不快な口説き方で粘着されたり、厄介になりかねない状況をいなすためにバカのふりをしたりして喋り続けるのは苦痛だったからだ。

あたしがあたしでいられるのは黙っているときだけ。そう思うようになってから、求人情報誌でも工場作業員のページばかりを見ていた。そして時給がよかったこの仕事を見つけたとき、「これだ」と思ったのだった。

それは日本最大級と言われるクリーニング工場で、広大な駐車場の中に建っている白いビルディングの中での仕事だった。実際、このバイトは何も考えなくていい点で楽だった。ホステスの頃のように化粧をする必要もなかったし、シャワーキャップのような帽子が作業服の一部だったので、髪だって寝ぐせがついたまま出勤しても問題はない。つるつる流れてくる衣服を言われたとおりに点検し、休憩のチャイムが鳴るまで立ち働いているだけでお金が貰える。本当にシンプルにそれだけなのだ。一晩中立ちっぱなしでいられる達者な足腰と手と目さえあればこなせる。誰もあたしを傷つけないし、あたしも誰かを傷つけない。自分でない者を無理して演じる必要もなければ、どうすればこの人たちにもう一本ボトルを開けさせられるかとか考える必要もない。そこにいて、ずっと同じことをしているだけで時給が稼げるなんて天国のようだった。

時おり、いやたぶん、ずっと、服がつるつるとレールで回っている広大な部屋で、あたしは機械の一部になったような錯覚をおぼえた。それはとてもいい気分だった。自分なんて、別にいなくてもいいんじゃないかと思えてきた。そもそも、ホステスをしていたときだって誰かを演じていた。だったら、もう自分でも他人でも人間でもない何か、いや、もはや何かですらなくて「何かの一部」になったほうがよっぽど気が楽だ。

その証拠にクリーニング工場での時間は、静かで平和で、悲しいことも、イラ立ちもムカつきもない。無言で機械の一部になると、常に孤独でいられるからだ。

実際、あたしは休憩時間も一人だった。

あたしだけじゃない。一人で自動販売機のコーヒーを買って飲んでいる人や、家から持ってきたお弁当や、コンビニで買ったおにぎりなんかを食べている人が多かった。喋っているのは、ほんの少数のベテランさんたちだ。休憩室は真っ白で、休憩する場所なのに何かの講座を受ける部屋みたいにテーブルが縦の方向に並べられていた。

学校みたいに前方に取り付けられたスピーカーから、クラシック音楽や聖書の朗読が流れた。会社の創業者がキリスト教の信者らしかった。人間の罪を洗い清めるイエス・キリストのように服をきれいにしたい、と思ってクリーニング屋を開業したらしい。マジかよ、というような話だが、ということは服には原罪があるのだろうか。

あたしたちは聖書の朗読を聞きながら、もぐもぐと体を動かすための燃料を食べた。

そこにあるのは沈黙だった。白々とした清潔な空間だった。

こういうの、キリスト教的なのかなと思った。ここで働き始めてからというもの、何も起こらない。誰とも交わらない。預金口座の残高だけが増えていく。これほど平穏な暮らしをあたしはしたことがなかった。

回す

「ノー！　それはダメでしょう」

胸元が大きく開いたトップスを手にして上半身に当ててみている中学生ぐらいの娘を見て、ヒジャブを巻いたお母さんが叫んだ。

彼女たちが信じている宗教では女性がこんな服を着ることは禁じられているのかもしれないし、年ごろの娘を持つ母親として心配してそう言っているのかもしれない。

いずれにしても、ヒジャブのお母さんは、娘がハンガーから外して当てていた服をもとのハンガーにかけ直しもせず、ラックの上にぐちゃぐちゃに置いて、娘に説教をしながら去って行った。私はため息をつきながらラックの上に置きざりにされた服を再びハンガーにかける。

奥のストックルームからトムが出てきた。

「アイロンがけする服が溜まってるから、裏でやってもらってもいいかな」

腰をおさえながら出て来たトムはもうすぐ八十歳だ。年齢のわりにすこぶる元気なのだが、さすがに立ちっぱなしだと疲れるらしく、最近はすぐストックルームにサボりに行く。

ここは長期無職者を支援するための慈善センターだ。私はふだんはこの施設の中にある託児所でボランティアをしているのだが、たまにリサイクル部の仕事を手伝わされる。それというのも、部署の責任者のトムが気難しい爺《じい》さんで、若いボランティアが遅刻したり、仕事の手順をまちがったりするとハラスメントまがいのことを言って叱るものだから、誰もここの仕事を手伝いたがらないのだ。

ところが、トムは私だけはなぜかお気に入りのようだった。「日本人女性は気がきく」とか、「日本人女性は従順でやさしい」とか、差別意識丸出しのことを言っては、ことあるごとに託児所の責任者に「彼女を回してほしい」とリクエストしてくるらしかった。

暖簾《のれん》のように下げられたレインボーカラーの布をまくって、ストックルームの中に入る。床の上にパンパンに膨れた黒いビニール袋がいくつも転がっていた。寄付された洋服が詰まっているのだ。こういう詰められ方をした服は、皺《しわ》だらけに決まっている。

一つ目のビニール袋を開けると、もわっとした不快な臭いがした。乾燥機から出すときに、生乾きで出してしまって、そのまま服を詰め込んだような臭いだ。これじゃ売れないだろう、と考えて、ああそうか、この服は全部タダなんだということを思い出す。それなら臭くても持って帰って家で洗い直す人はいるだろう。一着ずつ服を取り出しハンガーにかけてから、吊るしたままで皺がのばせる小型のスチームアイロンをかけていく。

むかし、こんな風にハンガーにかかった大量の服を、スチームアイロンの代わりに洋服ブラシを握って点検する仕事をしたことがあったと思い出す。

あれはまだ二十代前半の、日本と英国を行ったり来たりしていた頃だ。日本に帰っては働いて貯金して、それを資金に英国へ戻ってきていた。日本にいるときは「死んでいる期間」と決めていたから、時給さえよければどんな仕事でもやった。金銭面ではホステスが一番よかったが、あれは傷つけられることで儲《もう》ける仕事だった。だから、あるとき急に人に会いたくなくなった。それで始めたのがクリーニング工場の仕事だった。

けっこうあの仕事は好きだった。一生できたかもしれないと思うぐらいだ。あの時期の私を満たしていた得体のしれない幸福感って、いったい何だったのだろうといまでも思う。

ふと手に取ったジャケットのネームタグを思わず二度見した。ジョルジオ・アルマーニと書かれていたからだ。本物だろうか。たまにこういうのが交ざっていることがある。旅行か何かで買って来たバッタもんかもしれない。だけど、この慈善施設の会議室はたまに市民講座なんかに使われていて、大学の先生とかも出入りしているから、そういう人たちの寄付だとすれば本物の可能性もある。

どちらにしろ、しわくちゃになった量販店の古着にまぎれてしまえば何の違いもなかった。ここでは、一般のリサイクルショップみたいに、元値を踏まえた値段を付けたりしないからだ。高い服も安い服も、無償で引き取られ、無料で提供される。「あげる」と「もらう」。ここの洋服の流通にはその二つしかない。「卸す」とか「売る」とか「売り上げを計上する」とかいうプロセスが存在しないからである。

それでも服はぐるぐると循環している。ここでは、金銭がまったく関与していなくても、服が人から人へとどんどん回っていく。

そういえば、アリ・スミスの『春』という小説に出て来た少女が、「私たちは回転する《リボルブ》」と言っていたのを思い出す。人間は進化する（evolve）のではなく、あくまでも回転する（revolve）のだと。人間はそれぞれ違う形で革命（revolution）のように回す、と彼女は言った。

あの本を読むまで、revolution が revolve の派生語であることに気づかなかった。revolution には、革命だけでなく、回転という意味もある。革命と回転を意味する言葉が同じというのは、ちょっとディープだ。

革命ってのは、ほんとうのところ、転覆ではなく回転させることなんだろうか。

などと一銭にもならないようなことを考えながら、一銭にもならない仕事をしていたせいか、やたら時間がかかってしまい、トムが入って来て「まだこれだけしかアイロンかけてないのか」と圧迫感のある声で叱りつけた。

「はい、すみません」と若い頃の私なら思わず言っただろう。だけど私はもう謝らない。とりあえず状況を回避しようとして謝ったところで、こういうタイプの人は謝られるとよけいに血がたぎって尊大になるからだ。

家でゆっくり年金生活をしていればいいものを、彼がここに来るのは、人を叱りつけたり、謝らせることができるからなのかもしれない。そうすることで生きる愉《たの》しみを得ている寂しい老人なのだ。

私は彼のほうを振り向きもせず、ひたすら白いスチームをもくもくさせながら、ハンガーにかけた衣服にアイロンをかけ続けた。

売り続けた果てに

「どうしてこんな仕事をしようと思ったの？　全然向いてないのに」

マキちゃんはワンレンの髪を搔《か》き上げながら言った。

うちみたいな、コピー服ばかり置いている店じゃなくて、下の階の広いフロアを持つDCブランドのショップで働きたいというマキちゃんは、うちの店に来る前、別のファッションビルに入っているメンズ・ブランドのショップで働いていた。だけど、そこの店長と不倫して、いろいろ面倒くさいことになって辞めたらしい。

「たまに洋服を畳んだり並べ替えたりして、後はレジでお金を貰えばいい仕事なんだろうと思っていたんだ……」

あたしがそう言うとマキちゃんが呆《あき》れたように言った。

「店に置いとくだけで服が売れるわけないじゃん。黙っていても売れるのは安い量販店。うちみたいに、中途半端に高い服を売っている店は、こっちから喋りかけて客に買わせないといけない」

「…………」

「ブランドの店だって接客しないと売れないのに、うちみたいにブランドのタグもついてないのに安くない服を売ろうと思ったら、喋って喋って喋り倒さないと無理」

その言葉どおり、マキちゃんはごく自然に客に喋りかけ、鏡の前に誘導して服を当てさせ、試着させては褒め倒し、「こっちがここまでやってるのに買わないなんてあり得ない」という圧力をエレガントに発散させながら客に服を売る。

マキちゃんは、オーナーと同じようにさらっと嘘を吐《つ》くこともできた。この色と形は今年一番のトレンドなんですよ、とか、ネックラインが開いているとウエストまで細く見えるんですよね、とか、服を売るためなら何でも言う。

中でも一番効くのは「よく売れている」という言葉だった。「二十着ばかりストックにあったんですけど、今週、あっという間に売れて、これが最後の一着です」（ストックなんか二着しかないし、まだ一着も売れてなくてもマキちゃんはそう言う）、「今日も朝から三着売れました」（いまだかつて一着も売れたことがない服でもマキちゃんはそう言う）という言葉をかけると、たいていの客は「へえ」という顔つきになってマキちゃんの話を聞き始める。

「みんな、数字が一番好きなんだよ。だから数字を出すとだいたいうまくいく」

とマキちゃんは言った。

「量販店の服は、値札に書かれている値段が安いからみんな買うよね。でも、うちの服は値段が高いから買うかどうか躊躇《ちゅうちょ》する。それでも、最後の一着になった、もう二十着売れてるっていう別の数字を耳にしたら、私も買わなきゃいけないんじゃないかって思うみたい」

「どうして？」

「みんなが買ってるならいいものなんだろうと思うからだよ。たぶん、自分も数字の中に含まれたいっていう願望もある。自分が大勢の中の一人だと思うと安心するんじゃない?」

「なんで?」

「バカだから」

どうやらマキちゃんは客をバカだと思って仕事をしているらしかった。なるほど、あいつもこいつもバカだと思えば客が怖くなくなってくる。騙されるほうがバカだから悪いと思えば、セールストークで嘘を吐くのもつらくなくなり、違和感すらおぼえなくなった。

こうやってあたしもそれなりの売り上げを計上できるようになった。

「ようやってるやん」とオーナーにも褒められた。自分が好きな服を着て出勤するのもやめた。店で売っている服を着るようになったからだ。自分が着ていたほうが間違いなく服は売れる。しかし、それなりに見えていないと服は売れないので、まめに美容院に行き、化粧品を買い、自分の見た目にも商売の一環として気を付けるようになった。

こうして三か月が過ぎた頃には、あたしはファッションビルの中にある洋服屋の店員に見えるようになっていた。高校を出たばかりのティーンには見えなかった。

自分が物を売る人間になると、いろんな業界の売り方のカラクリも透けて見えるようになってきて、歌手のレコードの宣伝文の「百万枚突破！」も、本の帯についている「愛されて五十万部」も、あたしたちが店で口にする「今週だけで十着売れてるんです」と同じだとわかるようになった。人間は大きな数字に惹《ひ》かれ、大きな数字の一部になりたがる。それはたぶん、大きいほうの数字に含まれていないと、少数派になってしまうからだ。数が少ないほうに含まれていると、ダメなほう、イケてないほう、弱いほうになってしまうという不安が人に物を買わせるのである。

数字はある種の暴力だ。

そして暴力が関与しているときに人は財布の紐《ひも》を緩ませるものだ。

そう割り切れるようになってから、あたしの売り方はどんどんアグレッシヴになった。ありもしない数字を出しまくり、自分の店の商品のほうがコピーしているにもかかわらず、オリジナルであるブランドの服をコケにした。

「ちょっとピンクハウスのワンピースに似てますけど、あっちみたいにフリルがたくさんついてないから知的ですよね。ピンクハウスの服は、びらびらフリルがついている上に花柄でしょう。子ども服みたいっていうか、頭が悪そう」とか、「ちょっとデザインがイッセイ ミヤケっぽいけど、あっちみたいにツンと気取ってないですから。あのブランドはふつうの女性をターゲットにしてないから、長身じゃないと着こなせない。私たちが着たら遠山左《とおやまさ》衛門尉《えもんのじょう》様の御出座みたいになっちゃいますよね」とか言って客から笑いを取った。

　そのうち、マキちゃんが、下の階で働いている人たちが、あたしがここで自分たちのブランドの服をボロクソにけなしているという噂を聞いて気分を害していると言った。マキちゃんは隙あらば下の階に移りたいと思っているので、ブランドの店員たちと休憩時間なんかによく話しているのだった。

　だが、ブランドの名前にも広告にも頼れないうちのような個人経営の店が売り上げのシェアを奪うには、攻撃しかない。悪口という攻撃と、数字という暴力。その二つを駆使してセールストークを展開し、あたしはどんどん服を売り、マキちゃんの売り上げも抜いた。ブランドの知名度や固定客にあぐらをかいて優雅に気取っていればいい下の階の店員たちに何がわかるのだと思った。あっちはエリートだ、こっちはチンピラ。それはＰＵＮＫという言葉のもともとの意味でもある。あたしはまたセックス・ピストルズを聴いていた。ジョニー・ロットンと一緒に「ナーハッハッハッハッハッ」と笑っていた。

　そんなある日、車椅子に乗った少女とその母親らしい中年の女性が、店の中を覗き込んでいた。店内の通路は狭いので車椅子では移動しづらいし、段差もあるし、と思いながらそのままにしていたが、二人は店の入り口近くにディスプレイされたブラウスを指さしながら何か話し込んでいる。

あたしは店から出て行って、二人に話しかけた。

「あそこにかかっているブラウスですか？　色違いもありますよ」

母親はあたしに話しかけられて少し驚いたような様子だったが、小さな声で、

「え、ええ。娘にどうかと思いまして」

と答えた。二人を店内に招き入れ、あたしは大きな鏡のそばに置いてあったラックをずらし、車椅子でそこに入って来られるようにして少女にブラウスを渡した。顔色が悪く見えるほど色白の少女は、ハンガーにかかったブラウスを自分の顔の下に当ててみて、母親のほうを見て頷いた。

「これに合わせるとしたら、下はどんなのがいいですか？」

母親に聞かれて、あたしはスカートやパンツを持って来てべらべら喋り始めた。二人がその気になっているのを察知し、靴やバッグ、アクセサリーやジャケットやサマーセーターまで持って来て、この機に乗じてとばかりにガンガン薦めた。信じられないことに、母親はすべて購入した。十万円を軽く超えていたが、カードで払って帰って行った。

その日、閉店時間になってレジ締めをしていたマキちゃんが、その母親のクレジットカードを切ったときの控えを握って言った。

「……体の不自由な子にあんなに売りつけなくても」

マキちゃんはあたしに売り上げを抜かれたことに嫉妬しているのだと思い、あたしは素気なく答えた。

「売りつけてないもん。向こうだって、嫌なら嫌って言えばいいわけだし」

「……ちょっと最近、やり過ぎじゃない？　見ててあんまり気持ちがいいものじゃないよ」

マキちゃんはそう言って暗い目をしてあたしを見ていた。

その親子は翌週もやってきた。そして初回ほどではないにしても、たくさん服を買って帰った。

その翌週も、そのまた次の週も来て、散財して行った。その次からは母親が一人で来るようになり、やっぱり娘のためにと薦められるままに服を買って帰った。

「あの母親はショッピング依存症になっている」

とマキちゃんは言った。

見た感じ、ふつうの庶民だし、そんなに何十万円も服にお金を使えるわけがないから、もう勘弁してやったほうがいいとマキちゃんは意見したが、あたしは彼女に服を売り続けた。

そのうち、ぱったりと母親は来なくなった。

「カード破産でもしたんじゃないか」とマキちゃんが言うので、あたしもなんとなく悪いことをしたような罪の意識をおぼえていた。

それから数か月が経ち、その親子のことを忘れかけた頃、その母親がまたひょっこり店にやって来た。

「もう売るなよ、絶対に売るなよ」というような顔つきで、マキちゃんがあたしを睨んでいる。

彼女の娘がいかにも気に入りそうなパステルカラーのワンピースを見ているので、

「お嬢さんはお元気ですか？」

と母親に尋ねると、彼女は薄く微笑みながら答えた。

「実は……、娘はもうこれを着ることはできないんです。先月、亡くなりました」

あまりのことに驚いて言葉を失っていると、

「病気になってから、娘はショッピングなんてしたこともなかったんです。ほんの数か月でも、ここであなたにじっくりお洋服を選んでもらって、娘は本当に嬉しそうでした。病室で、あれこれ着替えて、あんなに楽しそうな姿を見るのは久しぶりでした」

と彼女は言った。そしてバッグの中からウェッジウッドのロゴがついた水色の小さな紙袋を出し、こちらに差し出した。

「これは、つまらないものですが、私と夫からのほんのお礼です」

あたしはぼんやりしたままそれを受け取り、とりあえず頭を下げた。

休憩時間に包みを開けてみると、それは真っ白なティーカップのセットだった。小さな贈答用のカードがついていて、「ありがとうございました」とだけ書かれている。

「ありがとう」の言葉が、ずっしりと胸の真ん中に重いジャブのように入った。

本当と嘘、数字と数字ではないもの、いいことと悪いこと、奪うことと与えること……二つにぱっきり分かれていると思い込んでいたものが、頭の中でマーブル状に混ざり合いぐじゃぐじゃになって、あたしの顔もぐじゃぐじゃになっていた。

顔を洗って化粧を直し、店に戻るとレジカウンターの前でマキちゃんとオーナーが何かを話していた。

「聞いたで。……泣ける話やな」

オーナーはなぜか目と鼻を赤くしていた。これほど重いジャブを食らう瞬間のある仕事を人に時給四五〇円でやらせておいて、「泣ける話やな」もへったくれもないだろう、と思った。だけどあたしはオーナーに「ですよね」と答え、また店の中央に立って売る態勢に入った。

潮時かな、と思った。

この仕事はクソだと思ったからではない。

もしかしたら、めちゃくちゃ向いている可能性があるからだった。

洗い続けた果てに

日が暮れると出勤し、朝までまったく同じ作業を繰り返し、誰とも一言も喋らないうちに夜が明け、電車に乗って家に帰る。今日と昨日と明日が一つに溶けて境目がなくなるほど同じことの繰り返しだった。

だが、クリーニング工場の仕事はあたしに向いていた。単調で孤独な生活に自分でも信じられないほど安らぎを見出《みいだ》し、ずっとこのままでもいいんじゃないかと思うほどになっていた。まず、七時間も立ちっぱなしで肉体労働をしていると、家に帰った頃には体が疲れ切っているので、アルコールに頼らなくてもぐっすり眠れる。

ホステスの仕事をしていた頃は、毎日毎日しこたま飲んでいたせいでちっとも酔わなくなり、朝方にベッドに入った後も頭が冴《さ》えて眠れないから、朝のワイドショーを見ながらまた酒を飲み、そのうち『笑っていいとも!』が始まって、トイレに行くにも足を家具にぶつけたり、扉に頭をぶつけて倒れたりするぐらいまで酔わないと眠れないこともあった。

あのままあれを続けていたら死んでいたかもしれない。それに比べると、工場の仕事のなんと牧歌的なことだろう。仕事に出て体を駆使して働く。帰って来たら疲れ切って寝る。ホステス時代は、客からどんな高い鮨《すし》屋や焼肉屋に連れて行かれても、心からおいしいと思って食事をしたことはなかったが、いまは早朝の帰宅時に買って帰るコンビニ弁当をこんなに美味なものはないんじゃないかと思って食べている。体が食物をダイレクトに吸収しているのを感じる。缶コーヒーも牛乳プリンも肉まんも何もかもがおいしかった。こんなに健康的なことがあるだろうか。

それなのに、ある日の休憩時間だった。お喋りをしながら弁当を食べていたベテラン勢(と言っても、二十歳ぐらいの女性たちだが)の一人が、

「私、スナックで働こうかな」

と言っているのを聞いてしまった。彼女たちは慣れたバイトたちが回されるプレス班の人

たちだった。

「スナックのほうが、ソファとかにも座れて楽そう」

確かに、彼女たちの班は何時間も立ちっぱなしなだけでなく、腰を曲げてアイロンをかけているのだから、あたしがやっている仕事なんかより遥《はる》かに体力的にきつそうだ。それに、あの界隈《かいわい》はいつも白いスチームがもくもくと上がっていて気温も高そうだし、休憩所に入って来るときに顔が汗で濡れている人もいる。

スナックで働こうかなと言っていた人が、ぱらぱらと求人情報誌のページをめくりながら、制服のシャワーキャップ状の帽子を脱いだ。帽子の中に閉じ込められていた彼女の髪が肩の上にするりとばらけて落ちて、弾《はじ》けた。それは淡い栗色をした柔らかそうな髪で、無機質な制服の内側から急に現れた動物みたいに生々しかった。

「今日、仕事終わってから、デニーズに行かない？」

「ロイヤルホストのほうがいいよ。パンケーキのブレックファストセットが久しぶりに食べたい。それからコーヒーゼリーと抹茶のパフェも食べたい」

彼女たちは、仕事帰りによくファミレスに行っているみたいだった。早朝にはファミレスぐらいしか開いていないからだが、彼女たちがそこで食べているものの量は、彼女たちの話が本当なら尋常ではない。疲れていると甘いものが食べたくなるとはよく聞くが、パフェを複数食べるのは当たり前で、バイキング形式の朝食をやっているファミレスでフレンチトーストを十二枚食べたと言っている人がいたときにはさすがにびっくりした。

不思議なことに、彼女たちはそれだけ食べているにしては、みんな痩せていた。考えてみれば、あたしもそうだった。この仕事を始めてからというもの、電車の駅からアパートまでの帰り道にあるコンビニに寄っていろんな物を買って帰る。弁当、おにぎり、菓子パン、ケーキ、ポテトチップス……、毎日のように違うものを試し、どんどん食べて、お腹いっぱいで体も気分も満たされてからベッドに入る。

あたしは以前の暮らしに比べて、この生活はヘルシーだと思っているが、ダイエットをしている人たちからすれば、この食生活はご法度に違いない。休憩時間だって、ベテランの女性たちがそうしているのを見て、あたしも必ずチョコレートを食べるようになった。以前は酒を飲んでいたせいもあり、甘いものは好きではなかったが、この頃では体が欲しているのか暇ができると手が出る。

食べても食べても太らないというのは、とてもラッキーなことに思えた。が、時が経つにつれ、なんとなくちょっと怖くも感じられた。もしもコンビニの弁当やお菓子のパックに記されているカロリーが正確なものだとしたら、あたしの体には毎日ものすごい量のエネルギーが投入されている。このエネルギーはいったいどこに行っているのだろう。

宙に浮かんだベルトコンベアのようにつるつる流れるパイプで運ばれてくる洋服たちを、一つずつ点検し、ブラシをかけて次の作業に流す。単に立っているだけのようだが、前後左右から服を確認するので、けっこう歩いていることになるのかもしれない。だから空腹にもなるし、家に辿《たど》り着いた頃にはくたくたに疲れ切っているのだ。この仕事には尋常でないカロリーが必要だから、どれだけ食べても体に残る熱量がなくて太らないに違いない。

そう考えると、服を洗ってきれいにするという一つの作業を細切れのプロセスにして大人数で回している工場のフロアそのものが、あたしたちが摂取する膨大なカロリーで動いているように見えてきた。フロアの作業ライン全体が一つの機械であり、その燃料はあたしたちが食べる食事や甘いものや缶コーヒーだ。あたしたちは、食べることで自分の体にカロリーを投入しているようでいて、実はこの機械に燃料を投入しているのだ。あたしはもはやこのシステムに呑《の》み込まれている。あたしは全体であり、全体があたしだった。

それは不思議に心安らぐ認識でもあった。もう自分なんていないからだ。個人などという面倒なものは存在しない。だからなのか、もう本を読みたいとも思わなくなったし、音楽を聴いて現実から逃避する必要もなかった。ただ委《ゆだ》ねていればいい。大きな全体に自分を委ねていれば、自分で何も心配する必要はない。幸福だと思うこともないけれど、不幸だと思うこともない。人間って、こういう風に生きていくのが最も適しているのではないか。

　そのため、プレス班のベテラン女性が本当にスナックに面接に行ったと言っていたときには、思わず耳をそばだてて聞いてしまった。

「カウンターは小さくて、ボックスっていうのかな、座るところがいくつかあって、そこのお客さんにつくことが多いって言ってたから、とにかく座れるみたい」

　その日は休憩室に入って来たときから、彼女はキャップを脱いでいた。豊かでなまめかしい髪が彼女の白い顔を覆っている。

「勤務時間はここの半分ぐらいで、稼げる金額は同じになるんだから、行かないテはないでしょ」

「で、いつから行くの？」

　彼女の隣に座っているベテランさんの一人が尋ねると、彼女は答えた。

「ここ、二週間前には辞めるって通知しないといけないことになってるから、明日それを出して、それから二週間後」

「もう決めたんだ」

「うん」

　なんて愚かなことをするんだろうと思った。

この職種では、イエス・キリストが人々の原罪を贖《あがな》い給うたように、人々の服の汚れを取り去り新品のように美しくする作業の一部となって働ける。粛々と心穏やかに働くことができるし、何より清潔だ。

なのに、何が嬉しくてあんなアルコールとタバコの煙に溢《あふ》れた業界に移って行こうとするのか。あたしは仕事の後に待ち伏せをして彼女と話をしようと思った。経験者として、アドバイスすべきだと思ったからだ。

でも、よく考えると人から話を聞くぐらいでは本当のことはわからないし、彼女が自分で体験してみるしかないんじゃないかという気がしてきた。それで個人として働くことの不安やつらさがわかったら、彼女はまた全体の一部となって崇高な業務を行うために戻って来るはずだ。

だから放っておくことにして、あたしは業務に専念することにした。その日はいつもより服の量が多かったらしく、残業をする人を募っていて、あたしは喜んで志願した。

白いフロアの真ん中に立って、服がつるつる流れて来るのを待つ。ふと思う。あたしが立っているのはフロアの中央ではないのだが、自分が立っている地点から作業の全体を仰ぎ見れば、あたしが真ん中にいるのだ。洋服にブラシをあてると自分の手が全体に吸い込まれて行くのを感じた。あたしの体に蓄積されているカロリーだけではなく、思考や感情もこの「全体機械」に吸い込まれていくようだ。この頃では、仕事をしているとき、足や手先の感覚すらなくなってきた。文字通り、あたしは何も感じなくなっていたのである。恍惚《こうこつ》っていうのは、人間が全体に完全に同化したときの、この感覚のことではないのか。何も考えず、何も感じない。それは全体のＰＩＥＣＥ《欠片》になることによって得られる究極のＰＥＡＣＥ《平和》。

だけど、あたしはいつまでもその恍惚にひたっていることができなかった。

その日の帰り、電車の座席から立ち上がるとき、急に腰に激痛が走った。あたしは駅からの道を這《は》うようにして家に戻ったが、横になるだけでも、そして姿勢を変えるだけでも「ああ」と声が出るほどの痛みだった。

病院に行ったら、「急性腰痛症ですね」と言われ、何かが腰に負荷をかけているのではないかと言われた。手足のしびれもそれに関係があるかと思って聞いてみたら、意外なことに血糖値の検査を勧められた。血糖値が上がると手足がしびれることがあり、初期の糖尿病である可能性もあるという。あたしは怖くなったので検査をせずにすぐに帰宅した。

工場には電話を入れて仕事を休んだ。恍惚のしびれが糖尿病の症状だったらと思うと、仕事への愛も一気に醒めた。

結局、あたしはそのまま工場に戻ることはなかった。

腰の痛みは一か月近く続いた。完全に全体と融和してその一部になるには、人間の肉体というものは脆弱《ぜいじゃく》すぎるようだった。

回すことから始まった

最近、エマ・トンプソンがトランプ前大統領みたいな英国首相の役を演じていているドラマを見た。その中に、ティーンの女の子が自分はトランス・ヒューマンだと宣言するエピソードがあった。学校が嫌いで引きこもりになった彼女は、両親に「私はずっと、自分が生まれ落ちた体には属さない気がしてきた」と話す。両親は、娘はトランス・ジェンダーなのだと思い、「大丈夫よ」とか「僕たちは変わらず君を愛している」とか言うのだが、彼女は「そうじゃない」と否定する。

「私はトランス・ジェンダーではなく、トランス・ヒューマンなの」と宣言するのだ。

彼女は自分の性別を変えたいわけではなく、自分に肉体があることそれ自体に違和感をおぼえてきたと主張する。彼女は肉体を捨てて生きていきたいというのだ。腕とか脚とかそうした生々しいものを取り去り、デジタルになりたいと彼女は言う。近い将来、スイスにクリニックが作られ、人間の脳をクラウドにアップロードできるようになって、肉体は土の中にリサイクルされる、自分は男とか女とかではない、もっと高次元の存在となって永遠に情報として存在したい、生死などというものを超越したデータになるのだと。

テレビでこのティーンの独白を聞いていてなぜか思い出したのが、クリーニング工場で一晩中働いていたときに陥った平和な恍惚感だった。体が極限まで疲れていたからなのか、血糖値が急に上がっていたからなのかはわからない。が、あの自分自身が存在しなくなる感覚は、脳がクラウドにアップロードされる感覚に似ているのではないだろうか。

他者と交わらない労働の反復にはそうした作用があるのかもしれない。

個としての他者と接しないからこそ個としての自分はいなくなる。つまり、全体で行う作業システムの中にのみ自分が存在するようになるのだ。システムに自分を委ねて労働することは、自分がアップロードされることだ。自分がいなくなることは悲しいことであり、生きづらいことである筈《はず》なのに、なぜかそこにあったのは不思議な安心と高揚感だった。

人が極端に過剰に労働し、いつしか命まで落とす状況に至ることがあるのは、そのせいではないかとふと思う。人間が脳をクラウドにアップロードできない限り、まだ肉体と共に生きて行かねばならない限り、私が私自身をなくさないことは、この生々しい体を死なせないために必要なのだろう。「自分をなくすな」と言う人がよくいるが、それは道徳とか思想とかではなく、自分の肉体を生存させ続けるための方策なのかもしれない。

そんなことを考えている間にも、またトムが入って来て言った。

「いい加減に外に出て来てほしい」

そもそも、ストックルームで服にアイロンをかけろと指示したのは自分のくせに、「いい加減に」などと、まるで私が自ら望んでこの部屋に閉じ籠《こ》もることを選んだように聞こえるではないか。

ムカつきをおぼえながら再びレインボーカラーの布を暖簾のように手で払い上げて外に出た。なんのことはない。トムは私が出て来た途端に施設中央のカフェのコーナーに歩いて行く。サボりに行きたくなったのである。だから、私にリサイクルコーナーに立っておけということなのだ。

それにしても、私を含め、ここに集まる人々がしていることはいったい何なのだろう。

フロアを見回しながらしみじみと思った。この施設は長期無職の人々をサポートする場所であり、カフェやリサイクル、法律相談会、無料託児所、英語やパソコンなどの教室、菜園での農業活動と野菜販売など、様々な活動をしているが、片手で数えられるほどの数の幹部を除けば、ボランティアで回っている。

みんな労働はしているものの、無償で働いているのだ。だからなのか、すごく熱心な人と、トムのようにやる気がない人とのギャップが著しく、人々の作業をこなす能力もピンキリなので、全体の一部になって安心して自分を忘却できる感覚など一瞬たりとも感じられない。うっかり自分をなくしたりしたら、トムが良い例であるように、怠けたい人に利用され、二人分、あるいは三人分の労働までさせられることになるのでしっかり自分を主張せねばならない。さらに、託児所エリアで仕事をしているときに顕著だが、まったく子どもと触れ合った経験のない人や、メンタルヘルス上の問題を抱えた人などもボランティアとして働いているので、一緒に仕事をしている人の個性を考えつつ、必要なときには手伝うなどしなければ、幼児相手の仕事だけに事故が起こる可能性がある。

要するに、ここは一つのシステムとなるにはいろんなことが凸凹《でこぼこ》過ぎるのだ。働いている人々のやる気も能力もここにいる理由も、報酬を得るための仕事ではないだけにじつに様々なのである。

ここにいると、よく考えてしまうのがハンナ・アーレントの本のことだ。

彼女は、人間のいわゆる活動を「労働《レイバー》」、「仕事《ワーク》」、「活動《アクション》」の三つに分類した。

「労働」は生命の維持に不可欠な行為だという。たとえば、空腹に応じて食事の準備をして、あと片づけをする。こうした生きるための多くの単純作業を、むかしは使用人にやらせて、一部の人たちだけが自由を得ていた。いまなら、お金に余裕のある人は、専門の業者に委託する。クリーニングもそうした委託作業の一つなので、工場での仕事は生粋の「労働」だったと言えるだろう。とは言え、現代社会のほとんどの人々は、生計を立てるために働いているので、そうした仕事もすべて「労働」と呼ぶことが可能だ。だとすれば、服を売る仕事も立派な「労働」である。

アーレントによれば、二つ目の「仕事」は何かを作り出すことだ。特定の目的を達成するために働くことである。たとえば芸術家が作品を作り出すような行為であり、「仕事」によってできあがる生産物には耐久性があるらしい。

だが、三つ目の「活動」は、前の二つとはちょっと異なる。これは人間の自発性に由来しているそうで、自発的に開始される行為・行動によって、他者と接触し関係を築く。つまり、他者との交流を可能にする領域だ。人間は「活動」を通して自分の人格を他者に示すのだという。

この三つについて考えたとき、この慈善センターに来ている人たちがしている仕事は、ピュアな「活動」としか言いようがない。そもそもvolunteerを動詞として使えば、「自発的に行う」という意味なのだから、人間の自発性に由来し、自発的に始める行為で他者と触れ合う。アーレントの言うとおりだ。

生活保護や年金や失業保険で生活している人たちが集まっているのだから、食べるために働いているわけでもない。一部の有給の幹部の仕事を除けば、ここに来ている人たちがやっているのは「労働」とは呼べないし、耐久性のある作品を制作する「仕事」をしているわけでもない。私たちはただ「活動」するためにここに集い、知り合い、いい人だなあとか、めっちゃ嫌なやつだなとか互いに思いながら交流し、一緒に働いている。

そしてその「活動」の一部が、古着のリサイクルだった。さしあたり、いま私がしている「活動」とは、このコーナーにぼさっと立っていることだ。この行為にいったいどういう意味があるのだろう。

服を大きなビニール袋に詰めて寄付しに来る人たちがいるから、それを受け取るためにここに立っているのだろうか。いや、そんなものは適当に床の上に置いて行ってくれればいいのだし、それを誰かが取って行ったとして、どうせ無料で提供されている服なのだからまったくかまわないのだ。

たまに、これと同じようなセーターで大きめのサイズはないですかとか質問してくる人がいるからここに立つのだろうか。いや、それにしても、自らストックルームに入って服を物色する人たちもいるから、自分で勝手に探してもらえば済むのである。

つまり、私がここに立っている理由は……。

実は、何なのか私にもわからないのだ。考えてみれば、このように誰にもわからない謎の仕事がここにはたくさんある。いてもいなくても別にかまわないのだが、それでも私たちは自発的にここにいる。このはっきり言ってしまえば不要で、何ひとつ達成しようとしていない「活動」の場の存在意義とは何なのだろう。

トムがカフェでわはわはと笑いながら数人の男性たちと雑談している声が聞こえてきた。偉そうに人に指図するのが楽しくてここに来ているサッドな老人、と思っていたが、ああやって笑っている声を聞けば、やっぱりあっちのほうが楽しそうだ。そんなに嫌なやつでもないのかもしれない、などというおおらかな心持ちになれるのは、私がやっているのは「労働」じゃないからだろう。

この場所は、来たい人たちがいるからここにある。「活動」の場の存在意義はそれしかない。ほんとうにそれだけなのだ。

でも、そもそも存在することに意義なんているのだろうか。

そんなことを考えてぼんやり立っている間にも、チェックのシャツを手に取ってリュックに入れて帰る人、パンパンに膨れたスーパーの袋いっぱいのベビー服を寄付して行く人、鏡の前でジャケットを着てみて、そのまま着て去って行く人などが、私の前を行ったり来たりする。

古着が人の間を回っている。必要とされるものが必要な人のところに、お金がまったく介在しない形で、高いも安いも払えるも払えないもなく、どんどん回っていく。

これは服だけである必要はないのではないか。

いろんなものがただ回っていたとして問題ないのではとさえ思えてくる。

革命とはやっぱり回すことなのかもしれない。

それも、これまでと同じ向きではなく、逆方向に回転させること。

思索している私の前を、ぽたぽたとバケツから水をこぼしながら歩いている人がいて、私は急いでモップを持って来て床の水を拭いた。彼は常に何かをしていないと不安になる人で、暇になるとバケツを提げて施設内をうろうろし始めるのだが、彼が通った後はいつも水浸しだ。

私たちの「活動」はまったくシステムとして機能していない。だが、それだからこそ、ここにしかない物語を紡ぎ続ける。その物語をいつか文章にしたいと私はぼんやり思い始めていた。

第四話
スタッフ・ルーム

シャーリーは無防備だった。

四十代の私には、十八歳の彼女はまだほんの少女にしか見えなかったのだけど、英国の苦労の多い階級の娘らしい大人びた言動はあったし、自立心にも満ちていた。けっしていつも上からの指示を黙って待っているタイプではなかった。だからこそ、無防備だったのである。

バンビみたいな茶褐色の丸い瞳に、肩まで伸びた黒髪（伸びてくると生え際は赤毛だった）をきりっとポニーテールに結び、ボーイッシュな雰囲気のさっぱりした気性の同僚だった。

同僚とは言っても、彼女はレベル2と呼ばれる保育士の資格を取ろうとしている最中で、私が勤めていた保育園では「アプレンティス」と呼ばれる待遇で働いていた。「英辞郎 on the WEB」で「apprentice」の日本語の意味をチェックすると、最初に出てくるのが「（職人などの）徒弟、年季奉公人」だったりしてびっくりするが、ここでは二番目に出てくる「実習生、見習い」ぐらいの意味で、英国の保育士業界にはアプレンティス制度を使って保育の資格を取る若者がたくさんいる。

このアプレンティスという身分は、実習生なのだから決められた時間だけ働き、カレッジで勉強する時間も与えられているのかというと、そんなことはない。資格をもってふつうに保育士として働いている人々とまったく同じ時間（つまりフルタイム）で働かされる。しかも、（おそらく保護者にとっては恐ろしいことに）やっている業務もほぼ同じである。それでありながら、アプレンティスはふつうの保育士の時給の半分ぐらいで働いている。それでなくとも保育士の賃金は限りなく最低賃金に近い。が、英国では十九歳未満のアプレンティスにはさらに低い別の最賃が設定されているので、雇用主にとっては都合がよい。私の知る限り、アプレンティスの最賃に雇用主が少しイロをつけて給与を上乗せして払っているというケースは見たことも聞いたこともない。だからシャーリーのようなアプレンティスたちは、ほぼ半分の賃金でほかのスタッフと同じように労働することで、英国の保育業界を支えているのだ。

実際、シャーリーは、私が勤めていた一歳児と二歳児の教室を支えていた。欠勤することなく真面目に働いたし、遅刻も早退もしなかった。常に張り切っていろんなことに挑戦したし、明るくハキハキした性格なので、何かと教室の責任者に頼りにされていた。

そこも含めて、やはり彼女はどうしようもなく無防備だったのである。

教室の責任者はナンシーという名前の、二十六歳の若い保育士だった。若いわりには立ち回りにソツがないというか、バランスが取れているというか、しっかりした「デキる」女性で、園長の信頼も厚かった。シャーリーは、入ってきた当初、とてもナンシーと仲がよかった。年齢のわりには自信満々で、難しい子どもの対応もやり遂げてしまうシャーリーは、もしかしたらナンシーに数年前の自分自身を思い出させたのかもしれない。

ナンシーと同じようにレベル3の資格を持っていた私には、「アプレンティスにそこまでさせるのはまずいのでは」と思えるようなことでも、ナンシーはシャーリーに任せた。シャーリーが優秀だと見込んでのことだとはいえ、経験の浅いシャーリーに保護者の対応をさせたり、現場でのとっさの決断をさせたりするのは危険なことになりかねないし、何よりシャーリーにとって荷が重過ぎる。私たちに比べると半分ぐらいの給料しか貰っていない彼女に、大変なことになりかねないことをさせるのはフェアではないのでは、と思っていた。

とはいえ、私はナンシーの部下だ。それに、彼女の教室に所属していたとは言っても、スペシャル・ニーズ（特別な支援）を必要とする子どもの担当だったので、ちょっと他の保育士とは違う立場にあった。だから、口出しするのはやめておこうと思った。ただ、文字通りの老婆心で、シャーリーを心配に思っていたのだ。

私がシャーリーを気にかけていたのは、見かけとは違ってとても繊細で優しい子だったからでもある。ぞんざいな言葉遣いや英語の発音のせいで（いわゆる、典型的な労働者階級の子どもの喋り方をした）、勢いがいい粗雑な娘と思われがちな彼女だったが、じつは細やかな気配りをする少女で、とくに私とヴィンスには誰よりも気を遣っていた。

私は保育園では唯一の白人ではない保育士だったし、英語を母国語として話さないのも私だけだった。しかも、いつも黙々と一対一で自閉症児の保育にあたっていたので、他の保育士たちと一緒に何かをすることも少なく、孤立していた。年齢的にもそのほとんどが二十代の若い女性たちである保育士たちよりずっと上で、彼女たちの母親のような感じだったので、スタッフ・ルームでの休憩時間にもぽつねんとしがちだった。いつも自宅から持ってきたサンドウィッチを食べて、隅っこで本を読んでいることが多かった。

そんな私の姿を見ると、話しかけてくるのがシャーリーだった。

「それ、何のサンドウィッチ？」

とか、

「ちょっとちょうだい」

とか言ってくる。それで食べているサンドウィッチの半分を千切って渡したりすると、

「何これ、めっちゃおいしい。ツナマヨに何入れたの？　え、ソイソース？　マジうまい」

と大騒ぎするので、他の保育士も、

「え、ツナマヨにソイソースなんて入れたら塩辛くない？」

「そんなの初めて聞いたー」

とか言い出す。それで、

「いや、入れるっていうより、ほんのちょっと垂らす感じで。で、ネギを細かく刻んで入れたらさらにおいしい」

「日本ではそうやるの？」

「うん。けっこうやる人いる。それで、ツナマヨに醬油《しょうゆ》入れて、ライスやパスタと一緒に食べてもおいしいよ」

「えー、パスタって、ふつうにスパゲティとか？」

などと会話が進み始めて、気が付いたら和気あいあいと同僚たちと一緒に昼の休憩時間を楽しんでいたりした。そんなとき、シャーリーはいかにも嬉しそうに、にこにことそれを見ていたのだ。


シャーリーは職場でたった一人の男性だったヴィンスにも優しかった。ヴィンスは同性愛者でお菓子づくりを趣味にしていた。お洒落《しゃれ》だったのでブランドの服や最新の化粧品なんかにとても詳しく、私よりは職場の若い女性たちに溶け込んでいた。でも、年齢が三十代で、彼女たちより少し上だったので、やっぱり時おり浮くことがあり、スタッフ・ルームでも一人で隅に座っていることがあった。そういう姿を見ると、シャーリーは放っておけない。ヴィンスにも無邪気を装ってちょっかいをかけ、上手にみんなの会話の中に取り込むのだった。

「ねー、ヴィンス、安くて絶対取れないマスカラってどこの？」

スーパーで買ってきたレンジでチンするタイプのマカロニ・チーズを温めようとしていたヴィンスに、シャーリーが尋ねる。彼女と一緒にテーブルに着いていた若い保育士たちも瞬時に目を輝かす。

「えー、そうだなあ。メイベリンのやつもけっこういいけど、最近出たリンメルのも使える。っていうか、十ポンド余計に出せば、絶対に何をやっても剝《は》がれないクリニークのラッシュ・パワー・マスカラが買えるよ」

「でもクリニークのやつ、ボリュームが出ないよね」

「出るよー。塗り方次第でちゃんと出せる。こうやって、下から持ち上げる感じで左右に手を震わせながら……」

とか言って、そこらへんに転がっていたペンを使ってヴィンスが説明を始める頃には、スタッフ・ルームにいたすべての保育士たちが真剣な顔で元美容師のヴィンスの手元を見ているのだった。

「本当にいい子だよね」

私とヴィンスはよくそう言い合った。職場でたった一人の移民保育士である私と、たった一人の男性で同性愛者であるヴィンスは、よく仕事の後に一緒に飲みに行ったのだった。竹を割ったような性格、という日本語があるが、シャーリーはまさにそういうキャラクターだ。さっぱり爽やかで、じっとりと人の陰口を叩いたり、誰かより自分のほうが優れていることを上司にアピールすることもない。

見たまんま。それがシャーリーだった。

「時々、もうちょっとずるく計算したほうがいいよと思うときもあるけどね」

ヴィンスはそう言うので、私は答えた。

「うん。いい子っていうのは誰かにとって都合のいい子ってことだから、搾取されやすい」

ヴィンスも黙って頷いていた。すでにシャーリーはいろんな大人たちにとって都合のいい存在になっていたからだ。

実際、どうしてこの子はこんなに真面目に働くのだろうと思うほど、シャーリーは精力的に働いた。人が嫌がる仕事でも率先してやるのだ。

たとえば、園の中庭の隅にあるスタッフ・ルームの脇に、木の柵《さく》で囲まれたゴミ箱スペースがあり、大型のプラスティックのゴミ箱が並べられていた。紙オムツ用の大きな黄色いゴミ箱と、リサイクル用の大きな緑のゴミ箱、そしてそれ以外のゴミ用の黒いゴミ箱と三色あった。で、ゴミ収集の日に市の職員が取りに来てくれるのだが、一度、誰かが黒いゴミ箱の中に大量のペットボトルを捨てていたことがあった。

園では、時おり、工作のために保護者にペットボトルや紙製の箱などの寄付を募ることがあり、大量に集まり過ぎることもあって、次回のために取っておこうと倉庫にしまっておいたペットボトルが知らない間に増えてものすごい数になっていることがあった。

このペットボトルもそうした理由で捨てられたのだろう。市の職員から「これはリサイクルの箱に入れておいてほしい」と園長が注意されてしまった。園長は誰がそこに捨てたのかを突き止め、その保育士を注意したのだったが、この話を聞いて激怒したのが園のオーナーだった。園のオーナーは四十代の、ちょうど当時の私と同じぐらいの年齢の女性だったのだが、緑の党の熱烈な支持者であり、筋金入りの環境活動家だ。

だからオーナーの思想を反映し、園の隅々までリサイクルの方針が徹底されていて、一度、紙オムツも全面廃止して布オムツのみで運営しようとしたこともあった。が、反対した保護者が多く、続々と子どもたちが園をやめそうになったので、「紙オムツでも可」と園の規則を元通りにせざるを得ず、オーナーは保護者たちの意識の低さを嘆いていた。

それなのに、自分の園の従業員がリサイクルの仕分けのルールを守っていなかったのだから、これは当然ながらオーナーの逆鱗《げきりん》に触れた。これからはゴミの収集の前日、子どもたちが全員帰った後できちんとゴミが仕分けしてあるかどうか当番でチェックするようにと言い渡し、当番がきちんと自分の署名入りでチェックしたことを確認するフォームまで作成させた。

それで最初の一か月ぐらいは、みんな真面目にチェックしていたのだが、だんだんチェックの仕方もいい加減になってきて、各ゴミ箱の蓋《ふた》を開けてちらっと見るだけで「ＯＫ」の欄に署名するようになった。

しかし、シャーリーだけは違ったのである。ゴミ箱の中に突っ込まれたビニール袋を動かして底のほうまで確認するだけでなく、一つ一つ袋を開けて中まで確認する。

スタッフ・ルームで帰り支度をして出てきた同僚たちは、

「そこまでしてるの？」

「そんなことまでやんなくても、大丈夫だよ」

と言うのだったが、シャーリーはどんどんゴミ袋を開けて中をチェックした。

真面目にそういうことをしていると、リサイクル用じゃないゴミの中に紙くずが紛れ込んでいたことや、紙オムツしか入っていないはずのビニール袋の中にオムツかぶれ用クリームの空き瓶が入っていたことを発見したりして、園長に報告するようになった。

そうこうしているうちに、あまりにシャーリーばかりが報告してくるので、どうして彼女がそんなにしょっちゅうゴミ箱チェックの当番をやっているのか、これはおかしい、と園長が訝《いぶか》るようになり、先輩の保育士たちがアプレンティスである彼女に面倒な当番を押し付けているのだということが明るみに出た。

「だって、彼女が『やりたい』って言うんです」

他の保育士たちが園長に言ったことは、実は本当だった。シャーリーは、自分はアプレンティスであり、他の保育士たちにいつもいろんなことを聞いたり、資格取得のためのリポートを書くのを助けてもらったりしているので、せめてこれぐらい自分がやると言って、自分から業務の後に残ってゴミ箱チェックをする役割を買って出たのである。

「だからと言って、彼女ばかりにやらせていいというわけではありません。公平にすべてのスタッフが順番にやってください」

園長はスタッフ・ミーティングでみんなの前でそう言った。園長にしても、ゴミ袋の中にあれが入っていた、こんなゴミとあんなゴミが一緒くたに捨てられていた、とシャーリーに報告される度に該当する教室を探して、そこの責任者に説教をしなくてはならなかった。だから、本音を言えば、シャーリーのように真面目な従業員にはあまり点検作業をしてほしくなかったのかもしれない。
でもシャーリーにはそんな大人の事情はわからない。そのため、自分は全然気にしていないし、続けてやってもいいと主張した。そして彼女があまりにもそう主張すると、今度は他の保育士たちが、シャーリーは自分たちを悪者にして園長にチクるためにゴミ箱チェックをやっているのではないかと囁き始めた。

彼女たちがそう噂し始めた背景には別の理由もあった。英国の保育園というものは、壁に貼ったチェック表だらけだ。定期的に点検する部屋の温度から、玩具の清掃、昼食を家から持ってくる子どもたちのランチボックスをバッグの中に戻したか、という細々したことまで、なんでもかんでも表にしてチェックしたかどうかを書き込み、イニシャルで署名することになっている。とはいえ、保育士というのは体でやることを覚えているので、習慣としていろんな作業を行っても、うっかり表に署名するのを忘れることがある。あるいは、気温を点検した後に表に書き込もうとしていたところで、子どもの一人が急に教室内で吐いたりして、その後始末に追われているうちに表に書き込むことを忘れてしまったりするのだ。

ところが、シャーリーは何ごともきっちりやらないと気が済まない性格なので、これらの表がきちんと書き込まれていないと気になる。

「あれ？　二時に室温をチェックしたのは誰ですか？」

とか言って、抜けを指摘するのである。

そうすると、アプレンティスにミスを指摘されている先輩たちは面白くない。

「あ、ごめーん、私だ。書き込むの忘れてた」

とか言って、にこやかに壁の表のほうに近づいて署名したりするのだが、内心、「うるさいガキだな」と思っていることも往々にしてあり、そのうち、スタッフ・ルームでシャーリーへの不満や悪口をぶちまける保育士が増えていった。

「融通が利かない」

と言う人がほとんどだったが、中には、

「彼女は野心家なのだ」

と言う人もいた。

先輩保育士たちのあらさがしをして上司にチクり、自分がもっと責任ある仕事を任されたいと思っているというのだ。

そんなことを言っても、シャーリーはアプレンティスの身分だから、スタッフ・ルームで彼女のことをこき下ろしている保育士の半分の時給しかもらっていないし、上司の覚えがよくなったからと言って昇進するわけでもない。それでも保育士たちはまことしやかにそのような説を信じるようになり、シャーリーは人々の意識の中で「ポジティヴでかわいいアプレンティス」から「上昇志向の強い生意気な年下の同僚」へと変わってしまった。何ごとも手抜きをせずにしっかりと働くシャーリーのことを、室長のナンシーは重宝してかわいがっていたはずなのに、他の保育士たちがシャーリーに反感を抱き始めると、少しずつ態度が変化していった。

前は、ランチタイムにナンシーとシャーリーが連れ立って外食をしに行くことが時々あったのに、そんなこともすっかりなくなり、なんとなく教室でもナンシーがシャーリーに距離を置くようになった。シャーリーが昼食の給仕係をしているときはナンシーは別室で子どもの手を洗わせているし、シャーリーが中庭で子どもを遊ばせているときはナンシーは屋内で別の子どもたちにお絵描きをさせているという具合で、わざと近くにいることを避けているような感じだった。

そんなとき、シャーリーは遠くからナンシーを見ながら、何かを考えているような、露骨に寂しそうな顔をすることがあった。

すぐに気を取り直したように明るく子どもたちと遊び始めるのだが、陽気な表情と陰気な表情の落差に私は気づいていた。

金髪のショートヘアを日の光にきらきらさせながらテキパキと庭で遊んでいる子どもたちを集め、手を繋《つな》いで輪になって座らせて、絵本を読んでいるナンシー。子どもたちは、他の保育士がそうするときみたいにぶうぶう言うのでもなく、よそ見をしたり手遊びをしたりし始めるのでもなく、ナンシーが手に持っている絵本をじっと見つめ、わくわくしながら話に聞き入っている。

ナンシーはとても手際よく、自然に場を回すことができ、常に落ち着いた微笑を浮かべ、大きな声を出すことも、顔色を変えることもなかった。何ごともスムーズに行うことができたので、そうする必要がなかったのだ。どちらかというと感情がすぐに出て、元気のいい子犬みたいに動き回ってくるくる表情を変えるシャーリーとは正反対のタイプだ。

シャーリーはナンシーに憧れていたのだった。人は自分にないものを持った他者に惹かれるというが、シャーリーがナンシーの「できる保育士」ぶりに心酔しているのは傍目《はため》にも明らかだった（というか、もしかしたら、若い保育士たちは気づかなかったかもしれないが、中年の私やヴィンスには手に取るようにそれがわかった）。教室の壁に貼られたあらゆるチェック表を見て記入漏れがないか確認するのも、本来なら責任者がする業務である。シャーリーがそれを進んでやっていたのは、憧れのナンシーの役に立ちたかったのだ。

もしも記入漏れがあることが園長や副園長などに見つかったりすれば、教室の責任者としてナンシーが責められる。ナンシーが大好きなシャーリーにはそれが耐えられないので、ナンシーを助けるつもりで責任者がやるべき業務に目を光らせ、落ち度がないか常に確認する。ナンシーは賢い人だったから、そんなシャーリーの善意を利用していたと思う。

なのに、他の保育士たちが「生意気」とか「自分を何様だと思っているんだろう」とか言ってシャーリーを批判し始めると、ナンシーは手のひらを返した。数の論理で大勢のほうについていたほうが責任者としては有利だ。だから、ナンシーはシャーリーを庇《かば》わなかった。そのことも、私やヴィンスにはよくわかったので、仕事帰りにパブに寄ったときなんかに、二人でよく話していた。

「こないだ、ナンシーがついに残酷なことを言ったんだよね。あのとき、君は教室の中にいなかったけど」

「え。何て言ったの？」

「最後に残っていた子のお迎えが来て、スタッフだけが教室に残っていたときに、ナンシーがスッとみんなの前に立って、『これからは、業務のチェック表は私だけが点検しますから』って……。『抜けがあったとしても、そのままにしておいてください。これは私の仕事です』ってビシッと言ったんだよ」

「ええっ。そんなストレートな言い方で？」

「うん。シャーリー、下を向いて、ちょっと涙ためてたみたいだった」

「……かわいそうに」

「ほんとにね。ナンシー、冷酷……」

私とヴィンスは二人でそう言ってため息をついていたのだが、じきにシャーリーも仕事帰りに私たちに加わるようになった。


いよいよスタッフ・ルームで若い保育士たちからつまはじきにされるようになったシャーリーは、われわれ年長チームとでもつるまないと、ほかに仲良くしてくれる同僚がいなくなってしまったのだ。四十代の日本人と三十代のゲイと十代のシャーリーが連れ立ってパブに向かう姿は、傍からは奇妙な組み合わせに見えたかもしれないが、いつもあれこれ職場の噂話をしていた私とヴィンスとは違い、シャーリーはなかなか本音を漏らさなかった。

職場の誰のことも悪く言わないし、ナンシーのことも「尊敬している」「最高のボス」とか言って、自分が職場で置かれている立場についても話したがらない。だから、こっちもそのことには触れないのだった。そうなってくると、たとえばヴィンスと私は映画や本が好きなのでそういう話になるのだが、シャーリーはそういうのには興味なさそうだし、彼女が夢中になっている若者向けのドラマや何かの話にはわれわれがついていけない。

それでも一緒に時間を過ごすうち、シャーリーはぽつぽつと自分の家庭環境について話すようになった。シングルマザーの家庭で育ったことは知っていたが、彼女の母親がメンタルな病を患っていて、ずっと働くことができず、生活保護を受給しながら暮らしてきたのだということを初めて聞かされた。

彼女が小学生の頃、母親は隔離病棟に入院させられたこともあるそうで、預かってくれる親族がいなかった彼女と妹は一時的に施設に預けられたこともあったらしい。そういう話をするときのシャーリーは、妙にサバサバしていて、苦労をしてきた若者特有のドライさを持っていた。父親はドラッグとアルコールの依存症でリハビリとリラプス（依存症の再発）を繰り返し、結局は蒸発してしまってどこにいるのかわからないと言う。

「尊敬できる大人が周りにいなかった」

とシャーリーは言った。そんな事情があるから、保育園のオーナーや園長、副園長、上司のナンシーなど、きちんとした尊敬できる大人と出会うことができ、彼女たちの下で働くことができて嬉しいのだと話した。

「大人って、いつも尊敬できる存在とは限らないよ」

ヴィンスは意味ありげな暗い笑い方をしながら言った。シャーリーは肩をすくめるよう

にして、

「そういう部分もあるかもしれないけどね」

と答えたが、どこまで本当にその意味がわかっているかは疑問だった。

人間の性質のすべてを幼少期の経験や生い立ちが決定するわけではないし、個人的にはそういう考え方は嫌いだが、だけどシャーリーの「きっちりしたことが好き」な性格は、やはり子どものときに「尊敬できなかった」大人たちを見過ぎたせいかと思うことがあった。

シャーリーは、困ったことに子どもの甘えにも厳しかったからである。

グレイシーという一歳半の女児がいて、とてもシャーリーになついていた。英国の保育業界には、キー・パーソン／キー・チャイルド制度というのがあり、保育士には教室の中で何人かの担当する子ども（キー・チャイルド）が振り分けられる。すると保育士はこれらの子どものキー・パーソンということになり、振り分けられた子どもたちの発育の記録をつけたり、それらの子どもたちの保護者の窓口になったり、担当する子どもに何かが起きたときには自ら解決にあたることになる。

ふつう、アプレンティスの場合は仕事に慣れなければキー・チャイルドは持てないが、シャーリーはやる気があって熱心だったこともあり、働き始めて半年もたたないうちにキー・チャイルドを与えられた。その一人目がグレイシーだったのである。

最初のキー・チャイルドは保育士にとって特別な存在になる。何もかも初めてなので、手を抜いていい部分すらわからず、全身全霊を注いで担当者になろうとするからだ。

シャーリーとグレイシーも例外ではなく、とても緊密な関係を築いた。慣らし保育の段階からグレイシーを任されたシャーリーは、彼女を残して去っていく母親を追ってグレイシーがギャン泣きする段階から彼女の世話をした。何人もキー・チャイルドを持っている保育士たちにはできないことだが、シャーリーは一人しか任されなかったから、何かあるとすぐにグレイシーのところに駆けつけ、泣いていれば抱き上げてなだめ、何かがうまくいかなくて癇癪《かんしゃく》を起こしていれば手伝ってあげて、まるで母親のように一対一でグレイシーをケアした。

保育士と子どもの関係は、このように特別の濃さを持つようになると、難しい局面が訪れる。まるで母親がほかの子どもと遊んでいるときに嫉妬する子どものように、キー・チャイルドが保育士の仕事を邪魔したり、やきもちを焼いたりするようになるのだ。

グレイシーがこうした兆候を見せるようになると、シャーリーは「甘えは許さない」とばかりに急に厳しい態度を取った。慣れた保育士なら、段階的に子どもを自分から離してほかの保育士とも仲良くなれるように仕向けたりするものだが、なにしろシャーリーにとっては初めての経験だ。さっきまでベタベタと優しくしてくれていたシャーリーが急に冷たくなったりするので、事情のわからないグレイシーは混乱するばかりで、さらに泣いたりわめいたりしてシャーリーの気を引こうとする。そうなると、シャーリーも日常の業務をこなすことが困難になってきてイラついているのが傍目にもわかった。

「おせっかいかもしれないけど、ナンシーも責任者のくせに知らんふりしているみたいだし、一度、ちゃんとシャーリーにアドバイスしてあげようかな」

見かねたヴィンスがそう言っていた矢先に、その事件は起きてしまった。

その日、シャーリーは園の二階の広いベランダで子どもたちを遊ばせていた。ベランダの担当は彼女ともう一人の保育士。当時、英国の保育士配置基準は一歳児で保育士一人につき子ども三人、二歳児で保育士一人につき四人と定められていた。一歳児と二歳児のクラスでは、どちらの年齢の子どもも存在するし、分けて保育していたわけでもないので、順番で六人ずつ子どもをベランダに出して遊ばせ、保育士は二人つくのがふつうだった。

シャーリーは木製のベンチに座って、三、四人の子どもたちに絵本を読んで聞かせていた。園に入って間もない子どもが彼女の膝の上にちょこんと座っている。

ベランダと教室の間はガラス張りになっていて、中から外の様子が見えていた。そのガラス戸にべっとり頬をつけて立ち、シャーリーのほうを見ながらグレイシーが大泣きしていた。

「どうしたの、グレイシー。こっちにおいで、お絵描きしましょう」

「ままごとで遊ばない？」

などと言って、ほかの保育士がグレイシーの手を取り、自分の担当する持ち場に連れていって遊ばせようとするが、グレイシーはすぐにガラス戸のほうに戻って、また外を見ながらわんわん泣くのだった。

そのとき、スタッフ・ルームで昼の休憩を取ってきた保育士二人が戻ってきた。そのうちの一人は二か月前に働き始めたばかりのキャサリンだった。彼女はヴィンスと同い年で、他の保育士たちよりも十歳近く年上だし、大学で英文学を学び、図書館の司書を務めたことのある人だったが、地方自治体の緊縮財政で勤務先の図書館が閉鎖になった。それでどこかのマーケティング会社に就職したが、むかしから子どもが好きだったので保育士になろうと思い立って資格を取り、転職したという女性だった。

つまり、私とヴィンスと同様、一度社会に出てから保育士の資格を取った「大人の保育士」だったわけだが、彼女はアウトサイダーの我々と違い、常に保育士たちの中心にいた。

園のオーナーの弟の婚約者だったからだ。要するに、新しく入ってきたが、オーナーの義理の妹になる人なので、ふつうに面接して雇われた保育士とは立場が違っていた。

おっとりした文学好きの女性で、ナンシーのようにデキるタイプの保育士ではなかったが、たぶん将来的にはこの園を任されることになるのではないかとか、月に一回ぐらいしか園には来ないオーナーが園を監視するためにキャサリンを送り込んできたのだという噂も流れた。

だから、園長も彼女にはとても気を遣って接したし、それは他の保育士たちも同じだった。

が、シャーリーだけは違った。シャーリーは、だらしないことやきちんと仕事をしない人が嫌いなので、どちらかと言えばぼんやりとして業務のツメの甘いキャサリンに、事あるごとに注意した。

「あなたが前に勤めていた園のことはわからないけど、この園のルールはこうなっているので、毎日これを点検してください」

とか、

「紙オムツが残り数枚になっているときは、次にオムツ当番をする人のために、新しい箱を開けて交換台の上の棚に並べておいてもらえませんか。あなた、こないだも忘れてましたよね」
とか、がんがん小言を言うので、キャサリンにしては面白くない。だんだんスタッフ・ルームでシャーリーの労働者階級風の英語の発音（キャサリンは美しいミドルクラス風の英語を喋った）を真似したり、暗に「育ちが悪い」とか「化粧や髪型が労働者階級風で下品だ」とかいうことを陰湿なジョークにしてからかい始めた。柔和で人あたりのソフトな女性だったのに、平気で自分に文句を言ってくる十代のシャーリーだけはどうも許せないようだった。

そんなこんなでシャーリーとキャサリンの関係には一触即発のムードがあったのだが、シャーリーのキー・チャイルドであるグレイシーが泣き叫んでいる様子を見たときのキャサリンの反応は、一見すると心配しているようでありながら、どこか弾んでいるような快活な気配があった。

「グレイシー、どうしたの？　ベイビー、そんなに泣かないで」

大げさにそう言って、キャサリンはグレイシーに近づいていった。

「とりあえず、こんなときはキー・パーソンが必要でしょう」

キャサリンはガラス張りのフレンチドアを開けて、グレイシーをベランダに出した。そして、一番近くに立っていた子どもを教室に招き入れて、再びドアを閉じた。保育士の配置基準を守るためだ。

ベランダに出たグレイシーは一目散にシャーリーのところに走っていった。甘えるように、ひんひん泣きながら、ベンチに座っているシャーリーに抱きつくために両腕を広げたのだった。が、シャーリーはそれを無視して絵本を読み続けた。ベンチに座っている子どもたちは、「どうしたの、この子？」とでも言いたげな不思議そうな顔をして両手を広げて立っているグレイシーを見ている。

グレイシーはいよいよ大声で泣き始めた。一階の教室や隣近所にまで響き渡るようなものすごい音量だ。シャーリーは絵本から顔をあげて、何かをグレイシーに言っているようだった。

そしてまた彼女から目をそらして絵本を読み始める。グレイシーは両手を広げて、ぎゃあああああっといよいよけたたましく泣き始めた。

再び教室に続くガラスのドアが開いて、キャサリンが小走りに近づいてきた。

「どうして抱き上げてやらないの？　かわいそうに……」

彼女はそう叫ぶとグレイシーを抱き上げ、そのまま教室の中に戻っていった。

この出来事がそれほど大問題になるとは、自分が担当する自閉症の子どもを遊ばせながら見ていた私には想像もつかなかった。

だが、その数日後、シャーリーが仕事帰りに話があるので一緒に帰らないかと言うので、私とヴィンスは彼女と三人でいつものパブに寄った。窓際の隅にテーブルを見つけて腰掛けると、シャーリーは恐怖心と怒りが混じり合ったような表情で、こう言った。

「私、園長とオーナーから取り調べを受けることになった」

「取り調べ？」

私がそう尋ねると、シャーリーは暗い嘲笑《ちょうしょう》を浮かべながら答える。

「私が園でしたことを、非常に重大な業務上の懸念として正式に報告した人がいるみたい」

「重大な懸念？　何のこと？　何をやったの」

ヴィンスも煙に巻かれたような顔で聞いた。

「こないだベランダに出て子どもたちを遊ばせていたとき、グレイシーがしつこく泣いていたの、覚えてる？」

シャーリーは私の顔を見てそう言った。あのとき、担当している子どもと一緒に私もベランダに出ていたからだ。私はスペシャル・ニーズ専門の保育士なので、通常の保育士配置基準には含まれていない。一対一で担当している子どもが庭やベランダに出たがれば一緒に出ていくし、教室に戻りたければ戻るという風に業務が流動的だからだ。で、あのときは担当している子どもがベランダで遊んでいたので、私も一時的にシャーリーたちと一緒にそこにいたのだった。

「うん、覚えてる。グレイシーが大声で泣いていたときだよね」

「あのときのことを、幼児虐待の懸念があるって報告した人がいるらしい」

「え？」

私は驚いてシャーリーの顔を見た。あの時間帯、別の教室を担当していたヴィンスは何のことだかわからず、不思議そうに私とシャーリーの顔を見比べていたので、シャーリーがあのときベランダで起きたことをヴィンスに一通り説明した。

「……グレイシーの嫉妬がほんとにひどくなっていて、ほかの子どもたちの世話ができなくなってきたから、こういうのはグレイシーのためにもよくないと思って、最近、泣いてもわざと無視するようにしてたんだ。いちいち抱き上げてなだめると、泣けば私が言うことをきくと思って、いつもそうするようになるから。実際、そんな風になってきていたし」

「うん。キー・チャイルドがなつき過ぎたときは難しいからね」

ヴィンスはそう言って頷いている。

シャーリーがグレイシーとの間に健康的な距離を保つために四苦八苦していることはみんな知っていた。多かれ少なかれ、保育士ならみな似たような経験を持っているから、傍から見ていてシャーリーが苦労していることはよくわかったからである。

だから、あの場面だけを切り取って「幼児虐待の懸念」の報告を行った人がいるとはにわかには信じられなかった。ヴィンスも同じだったのだろう。

「誰が『虐待』だなんて報告したんだろう」

と言って首をかしげている。

「キャサリンだって噂を聞いた」

「ええっ」

と私はいちおう声を上げたが、そうだろうと思っていた。あのとき、教室の中で泣いていたグレイシーをベランダに出したのは彼女だったし、いつまでも泣いているグレイシーを抱いてまた教室に戻ったのも彼女だった。それに、彼女が報告した事柄だからこそオーナーまで出てきて本人から事情を聞き取りすることになったのだろう。これは、園の雇用契約に記されている正式な懲戒処分手順の最初の段階である。

それにしても、シャーリーの不器用さが悔やまれた。もちろん、キャサリンは私たちと対等なスタッフの一人ということになっている。しかし、現実としては、彼女はオーナーの身内であり、おそらくは園の幹部になる。そんな人を敵に回すと面倒くさいから、みんな彼女には嫌われないようにしているのに、シャーリーにはそれがわからない。いや、わかっているのかもしれないが、シャーリーはそういう「大人の事情」に従わないのだ。

「それで、あなたにお願いがあるんだけど」

シャーリーはそう言って私の目をまっすぐに見た。

「事情の聞き取り調査が、来週の月曜日にスタッフ・ルームで行われるんだけど、私の側からも誰か一人、付き添いを連れて出席していいらしいんだ。保育士の組合の相談員に出席してもらおうかと思ったんだけど、電話したらその日は誰も都合がつかないって言われたから、そばであのときのことを見ていたあなたに一緒に出席してもらえないかなって……」

「うん、わかった」

私は間髪をいれずそう答えた。考えてみれば、私はスペシャル・ニーズ担当なので、ほかの保育士たちとは少し違う立場のスタッフだし、年齢的にもオーナーや園長に近い。それに、もともと英国人ではないのでふだんから浮いている存在でもあるし、シャーリーの側についたからといってとくに実害はない。

実は、あのとき、ベランダにはもう一人保育士がいたのだが、その保育士はとてもキャサリンと仲がいい、というか、キャサリンにおべんちゃらを使っているタイプだったから、シャーリーが頼んでも彼女の付き添いになってくれるとはとても思えなかった。

「スタッフ・ルームでやるんだ」

「うん。会話を録音するらしい」

そう言いながら、シャーリーは聞き取り調査への出席を要請する正式な手紙を開いて見せた。当たり前だが冷たく簡潔な手紙で、いかにも法定のテンプレを使いましたという感じの文面だった。

「そんな大ごとにする必要がある話じゃないよね」

とヴィンスが首を振った。

「そんなに泣かせなくてもこういうやり方がありますよ、って、経験のある保育士がアドバイスしたり、連携して助けてあげればいいだけの話なのに、なんで懲戒手順が始まっちゃうんだろう」

呆れたように言うヴィンスの横顔を、シャーリーが憤然とした顔で見ていた。

聞き取り調査の当日、所定の時刻の少し前にシャーリーと二人でスタッフ・ルームに行くと、すでにオーナーと園長はテーブルに着いていた。いつもゴシップ誌やお菓子の袋が散らばっているテーブルの上がきれいに片付けられ、小さな録音機がころんと中央に置かれている。

私とシャーリーが扉を開けて中に入ると、キャサリンが休憩用の小さなランチバッグを提げて、オーナーと園長と笑いながら何か雑談をしているところだった。休憩を終えて出ていくところだったようで、私とシャーリーが入ってきたのを見ると、

「じゃあ、後で」

と意味ありげなことをオーナーと園長に言い、私は何の関係もないのよと言わんばかりの無邪気な微笑みを浮かべながら中庭に出ていった。

嫌な感じだと思った。

「座ってください」

園長がそう言って、空いている椅子のほうを指したので、私とシャーリーはテーブルを挟んで園長とオーナーに向かい合い、腰を下ろした。

「手紙にも記しましたが、この会議の内容を録音させていただきたいと思います。同意しますか？」

園長が尋ねたので、シャーリーと私が頷くと、園長はシリアスな顔つきで言った。

「きちんと、聞こえるように言葉で同意してください」

そうか、録音されていないと同意した証拠にならないのか、と思った。裏を返せば、ここで喋ったことはすべて懲戒処分を決定するための公の証拠として使われるということだ。そう思うと少し緊張したが、私が「イエス」とはっきり言うと、シャーリーもそれに続く。

園長は、手元の書類をガサガサとめくり、それを読むような調子で、ある保育士から報告されたという「懸念される出来事」の内容を説明し始めた。ひとしきり説明を終えてから、園長が言った。

「ここまでの説明を聞いて、あなたは事実関係を認めますか？」

説明の内容にはいくつも事実と食い違うところがあった。だから、その度にシャーリーが何かを言おうとすると、園長は手で遮った。最後まで説明を聞いてから、言いたいことがあれば後でまとめて言ってくれということのようだった。しかし、このやり方では途中でメモでも取っておかないと言いたかったことを忘れてしまう可能性もある。筆記用具を持ってくるべきだったと思い、教室に戻ってペンと紙を持ってこようかと思った。が、私がいない間にシャーリーが一人になってしまうのでそれはそれで非常にまずい気がする。

そう思わずにはいられないほど、ミドルクラスの中年女性たちの前に座っている十代のシャーリーは、学校の先生たちに叱られている少女のように頼りなく小さく見えたのだ。彼女にとっては母親の年齢にあたる上司たちから、文字通りに上から目線で一方的に批判されたら、どんなにシャーリーが強気な女の子でも圧に負けてしまう。

「実際に起きたことと違っている点があります」

シャーリーはやや反抗的に聞こえるほど緊張した声で言った。

「グレイシーがキャ……、いや、同僚の一人に連れられてベランダに出てきてから五分間以上も泣いているのに放置されていたというのは違うと思います。絵本をほんの二ページ読んだぐらいの長さでしたから、五分もかかるわけがありません。それに、私がグレイシーを叱りつけたというのも嘘です。そこに報告されているような、『黙れ』とか『うるさい』とか、そんな言葉を私は園の子どもに使ったことはありません」

私もシャーリーの脇から言った。

「あの、私もあのときベランダにいました。五分は長いと思います。私がケアをしている子どもは、五分も一つの遊びに集中することはできません。あのとき、彼は砂遊びをしていました。だから私はシャーリーとグレイシーのほうを見ていたのです。それに、『黙れ』とシャーリーが叫んでいたというのも真実ではない。私はそんな言葉も叫び声もまったく聞いていません。むしろ、シャーリーは小さな声で何かをグレイシーに言っていたと思います」

「でも、じゃあ、あなたは言葉の内容は聞いていないのですね」

と園長が私に聞いたので、私はハッとして、しかたなく「はい」と答えた。

「あなたの言葉遣いに関しては……」

今度は園長の隣に座っているオーナーが喋り始めた。ネイビーブルーのブレザーにベージュ色のパンツを穿いた園長とは対照的に、鮮やかな紫のカフタンワンピースを着て、髪にも同色のヘアバンドを巻いていた。

「今回の出来事以外の、日常的な報告も入っています。同僚に対して不適切な言葉を発したり、教室で頻繁に推奨できない言葉を使っていたと言っているスタッフが複数います」

美しいミドルクラス風の英語でオーナーがそう言った。

同僚に対する不適切な言葉というのは、少なくとも私はシャーリーの口から聞いたことはない。「推奨できない言葉」というのは、「オー・マイ・ゴッド」みたいな些細《ささい》な口癖のことだろう。シャーリーはよくこの言葉を口にする。保育現場では（特に我々の保育園では）この言葉は使わないように指導されている。理由を遡《さかのぼ》れば、旧約聖書に神の名をみだりに唱えるなと書かれているから、日常的な会話の中で「ああ神様」とか頻繁に言ってはいけないと考えられるようになり、「オー・マイ・ゴッド」を連発する人は下品であると上流階級の人々には見なされるかららしい。それゆえに、教養のある大人は「オー・マイ・グッドネス」と言うべきなのだと私も昔、誰かに言われた覚えがある。

しかも、近年は多様性の面からも、いろんな宗教の家庭や無神論者の家庭の子どももいるのだから、「ゴッド」という言葉は使わないようにしましょうとスタッフ・ミーティングで園長が言ったことがあった。

だが、子どもの頃からの口癖とは恐ろしいもので、例えば、子どもの排泄《はいせつ》物がオムツから漏れていたときとか、何かを取り落としそうになったときなど、シャーリーはよく「オー・マイ・ゴッド」と呟《つぶや》くように言ってしまう。そしてその後で、「あ、また言ってしまった」と言って反省するのを同僚たちも笑って見ているので、まさかそれを本当にチクった、いや報告した人がいたとは信じられなかった。

「いくつかの推奨されない言葉、子どもたちの前で発することは適切ではない表現をあなたが使っていたという報告はこれまでに何度もありました。特定の同僚に対しても、口論になったときに虐待的な言葉を浴びせたと聞いています」

虐待的な言葉、というのは卑語のことだ。ファッキン、とまでは言わなかったかもしれないが、何かそれに似たような表現を使ってしまったとすれば、たぶんそれは、ロッカー・ルームで一度、キャサリンと口論したときかもしれない。いつものようにキャサリンが業務上でやり忘れていたことをシャーリーが注意すると、「そういうあなたはいつも完《かん》壁《ぺき》なの？」と反論されて喧嘩《けんか》になったことがあったからだ。

「複数のスタッフ」というのは、実はたった一人のスタッフではないのか、という疑念が私の中に湧いてきた。もしかしたら、これらの報告は、公式のやり方で園長にされたものではなく、オーナーの家の食卓か何かで語られたものではないのだろうか。

「…………」

シャーリーも同じ疑念を抱いているのだろう。何も言わずに唇を噛《か》んでテーブルの上を見つめていたが、そんな彼女に追い打ちをかけるように園長が言った。

「報告だけじゃないんです。証拠の映像もあるんですよ」

園長は自分の前に置いてあるパソコンを操作し始め、くるりとそれをテーブルの上で回し、私たちのほうにスクリーンを向けた。

それは教室の一部に取り付けられた監視カメラの映像だった。一人の男児が女児の髪を引っ張って泣かせている。そこにシャーリーが走ってきて男児の手を摑《つか》んだ。そして、とっさに「どうしてこんなファッキン・テリブルなことをするの！」と大きな声で男児を叱ったのである。

これはまずかった。保育士としての彼女の行動には問題はないが、言葉が大問題である。卑語を使って子どもを叱るのはご法度だ。子どもがガヤガヤしているときには音声はよく聞こえないものだが、この映像に限っては声が大きかったせいもあり、しっかりとシャーリーの声が録音されている。

通常は、保育士の見ていないところで子どもが怪我をしたり、登園時にはなかった傷や痣《あざ》が体にできていたときに何があったのかを知るために再生する映像だったが、監視カメラの映像は保育士の言動も監視している。常に録画されているとついそのことを忘れてしまうが、私たちの行動をいつだって再生して懲戒処分の証拠に使うことが可能なのである。そのことをこんな形で突きつけられて私だってゾッとしているのに、そこに映っている自分の姿を見せられているシャーリーはどんな気持ちでいるだろう。

「私たちは品格を持って業務にあたらなければいけません。子どもたちの前でこんな言葉を使う保育士がいることは私には信じられませんでした」

オーナーは「お話にならないわ」とでも言いたげに首を振りながら、眉間に皺《しわ》を寄せてそう言った。言葉遣いも仕草もエレガントなのだが、どこかいやらしいものを私は感じた。

「……すみません。自分では気づいていませんでした」

シャーリーは完全に崩れ落ちていた。目に涙をためて、声が震えている。その震えを必死で平静なトーンに保とうとするから、いよいよ大人に叱られている子どものようだ。

「ふだんこういう言葉を使いながら生活していると、ふとした拍子に出てくるのはわかりますけど、ここはそういう場所ではないという緊張感を持って子どもたちには接してもらわないと」

そう言った園長の顔を私は見た。「ふだんこういう言葉を使いながら生活している」という言葉が妙に引っかかったからだ。その決めつけはどこから来ているのだろう。こういうの、ちょっとアカデミックな言葉で言えば、まさに「認知のバイアス」ってやつじゃないだろうか。そんな私の視線の意味にも気づかず、園長は続ける。

「私たちは子どもたちをまず優先しなければいけないんです。こういう言葉を使ってもいいんだと思うようになれば、子どもたちも園で同じ言葉を使うようになるでしょう。そうすると、この園自体の品格がなくなりますし、子どもたちの未来を制限することにもなる」

黙って俯いているシャーリーに向かって、オーナーも言葉をかけた。

「キー・チャイルドに対するあなたの態度だってそうです。泣かせても放っておくのが当たり前の家庭や、……そういう地域もあるでしょう。だけど、ふつうはそうはしないのです。子どもが泣いていたら優しく抱き上げてなだめる。まず、興奮している子どもを落ち着かせる。そうしないと子どもにとって放置された経験はトラウマになります。子どもを傷つけることで何かを学ばせるというのは間違っている。そういう家庭が多い地域もありますけど、それは一般常識じゃないということをあなたに知ってほしいの」

この人たちは自分がものすごく差別的なことを言っているというのをわかっているのだろうかと思った。いや、わかっていたら言わないだろう。言えるわけがない。あろうことか懲戒処分を決定するための会議で。

泣かせても放っておく地域、子どもを傷つけることを躾《しつけ》だと勘違いしている家庭や地域。そういう家庭や地域の人々が喋る言葉を覚えたら、「子どもたちの未来を制限することにもなる」とまでこの人たちは言っている。

私は自分と同年代のミドルクラスの女性たちがガミガミとシャーリーを叱りつけるのを聞きながら、絶句していた。

これほどあからさまな階級差別の現場を見たことがなかったからだ。

思い出されたのは、シャーリーから点検漏れや業務のツメの甘さを指摘されていたときのキャサリンの表情だった。三十代の女性が、十代の女性に間違いを指摘される情けなさとムカつきが表れた顔だと思っていた。でも、それだけではなかったかもしれない。高学歴で語彙《ごい》の豊かなミドルクラスの女性が、労働者階級出身の喋り方をする女性に業務上の誤りを正されている、そのことへの「何か」が、こんな懲戒処分騒ぎを起こすぐらいキャサリンを怒らせていたのではないか。

その「何か」をオーナーと園長も共有できるから、一見すればバカバカしいような内容の出来事を懲戒処分の対象と見なす。そして愚かなほど真面目な顔をしてこんな聞き取りの場を設け、わざわざ自分たちの偏見に満ちた発言まで録音してしまっているのだ。

この録音データを手に入れられたら、こちら側から然《しか》るべき団体に持ち込んで訴えることも可能なのではないかと私は考えていた。

「あなたはまだ若いし、狭い世界しか知らなかったのだから、今回のことは懲戒処分には付しません。もしも今度、同じような報告がスタッフからあったら、そのときは深刻な処分に発展する可能性もありますから覚えておいてください」

脅しとしか思えない言葉で園長は会議を締めた。

憐《あわ》れみに満ちた手つきでオーナーがシャーリーの肩を叩く。

「シャーリー、泣かなくていいのよ。大丈夫。また明日からがんばってちょうだい」

恩着せがましい優しげな笑みを浮かべてそう言い、園長を引き連れてオーナーが中庭に出ていった。

シャーリーが肩を震わせてぼろぼろ涙をこぼし始めた。かける言葉もなくその小さな肩を私は抱いている。

品格ってなんだよと思った。

まるでオーナーたちの「品格」を体現するようなスタッフ・ルームの美しい花柄の壁紙に、彼女たちが共有している「何か」が炙《あぶ》り出されて見えた。

それは、憎悪《ヘイト》だ。

シャーリーは人差し指を折り曲げ、関節のあたりを上の歯と下の歯で強く噛んでいた。

彼女もまた、声を出さずに泣く階級の子どもの一人だったのだ。

第五話

ソウルによくない仕事

「だんじりの夢また見た」

ダンジリノユメマタミタ。ケイタの言葉をカタカナ表記にすると、なんだか日本語とは思えない。だんじり、という奇妙な響きの言葉はケイタの故郷の祭りの名前らしいが、関西弁ネイティヴの人が標準語を喋るときの据わりの悪いアクセントも相まって、どこか外国の人が喋っているような響きだ。

ふと、ケイタの名前を漢字でどう書くか知らないことに気づいた。「漢字でどう書くの？」と聞いたことがないのは、そう尋ねるのがおかしな思いつきに感じられるほど、ケイタが日本人離れしているからだろう。

ケイタだけじゃない。イギリスにいると、日本人離れした日本人たちによく会う。すっぴんで真っ黒なままの髪をぎゅっと一つに束ねて歩く中年の女性たちは、日本人というよりアジア人というか（日本もアジアの一部だからこういう言い方はおかしいのだけど）、とにかく日本で見かける女性たちのように細かく身なりをかまっていないのだった。腰まで髪を伸ばして昼間からうつろな目をして道端で踊ってる若い男性たちだっているし、野外マーケットの屋台の後方に垂らした布地の陰に隠れて水パイプを吸っている五分刈りの女性も見かけた。どうしてこういう人たちが日本人だとわかったかというと、

「君も踊らない？　いい気分になれるよ」

とか、

「何見てんの、あんた」

とか、日本語で話しかけられたからだ。そのたびに、あたしは「え」とびっくりしてのけぞった。長く海外にいると、国籍不明の人間ができあがってしまうのだろうか。だけど、彼らが日本語であたしに話しかけてくるということは、向こうはこっちが日本人であることを確信しているということだ。つまり、あたしは日本人らしい風情の日本人ということ。髪型とか、化粧のしかたとか、身に着けているものとかが、きっとまだ日本式なのだ。

　ひょっとして、ケイタがあたしのことを放っとけないのも、そのせいなのかと思う。なんだかんだといつも世話を焼いてくれるのである。

「簡単に人を信じちゃいけない」

「疑問はすべてその場で解決しておけ」

「やってくれるだろうと期待するな。やってくれと三回強く言ってやってもらえたらラッキーなぐらいだ」

「何ごとも、ダメ押しの確認をしておかないとえらいことになる」

　ケイタにもらうアドバイスを総合すると、この国は戦場みたいだ。

そんな戦場で生きてきたからだろうか、ケイタはどこか兵士みたいな外見をしている。それも、正規の軍人ではなく、内戦や紛争が起きている国の、ゲリラ戦を展開している民兵という感じ。皮膚も髪も日焼けしてバサバサだし、目つきがやたらと鋭い。日本でこんな目をした同年代の男の子には会ったことがない。

「だんじりは男の祭りやからね。燃えんねん、この時期になると」

ケイタはここのところ、故郷の祭りの話ばかりしている。電柱にぶつかって死人がでるとか、血まみれで走っている人もいるとか言うから、あたしの中にある彼の兵士感がよけいにアップする。

「ホームシックなんじゃない、最近？」

そう言うと、ケイタがうっすらと微笑んだ。

「そうかなあ。そうなんかもしれんな」

彼は日本にもう六年ぐらい帰ってないらしい。ニューヨークで四年暮らして、その後、一年かけて世界を回って、それから日本に帰るつもりだったけどやっぱりそんな気になれなくて、ロンドンに落ち着いて一年たったと言っていた。

「あ、仕事の時間や。そろそろ行かんと遅れる」

腕時計に目をやりながらケイタが言った。

「今日は何の仕事なの？」

「ピザ屋の配達。ほななー」

ホナナー。

またもや日本語らしからぬ響きの言葉を残してケイタが去って行った。あたしは午後の公園のベンチに一人残され、しょうがないのでケイタにもらったスニッカーズをかじり始める。

公園の向かいにある駅に入っていく、いかにも外国人みたいな集団が見えてきた。みんなリュックを背負って小脇に見覚えのある赤いファイルを抱えている。語学学校の生徒たちだ。あたしも本来はあの中の一人なのだが、学校にはもう一月以上も顔を出していない。

まだビザは残ってるから、と余裕ぶっこいているのだけど、出席率が悪いと学生ビザの更新はできない。あたしよりケイタのほうがそのことを心配している。そもそも、最初から授業に行ったり行かなかったりして出席率はよくなかった。だから、ビザなんてどうせ更新できないと諦めているけど。

カレッジでフォトグラフィーを学んでいるケイタみたいに、何かロンドンでやりたいことでもあれば話は別だろう。でも、あたしにはやりたいことなんて何もない。

「本当にあらへんの？」

前にカフェで会ったとき、ケイタに真顔で聞かれた。やりたいことのない人間なんてこの世にいるわけないというような顔つきだった。

「うん。ない」

「こういうのいいな、なんかもっと知りたいわー、みたいなやつも？」

「ない」

「なんかあるやろ？」

ケイタがしつこいので、何か言わなくちゃいけないと思った。

「……イギリスの帽子とか、かわいいと思うけど。古着屋の壁とかによく飾ってあるやつ」

「それや！」

目を輝かせてケイタが言った。

「ミリナリーのコース、やったらええんちゃう？」

「何それ？」

「帽子づくりのコース。確かなあ、ケンジントン＆チェルシー・カレッジでやってるで、公立のコースやから、安いよ。それや。そのコースやったらビザも更新できる」

ビザも更新できる、とか勝手に決めつけられてあたしはちょっと面食らった。

「そんな、本気でやりたいと思ってるわけじゃないし、単なる思いつきだから」

「思いつきでええんや。最初はみんなそうやから。やりたいことなんて、実際やってみなわからへんしな、正味な話」

こういうケイタの腰の軽さというか、なんでもええからとりあえずやってみ、みたいなノリには驚く。ケイタはこういう人だから、アメリカに住んでチリとかブラジルとか放浪し、それからインドに行って、なんとなくアムステルダムやパリに暮らしたりして、ありとあらゆる仕事をやって軽快に生きてきたんだろう。

「今度、『フラッドライト』持ってくるわ。ロンドンの全コースを網羅しとる雑誌があんねん。値段とか、連絡先とか全部書いてあるから」

そして今日、本当にあたしはその「フラッドライト」という分厚い雑誌を手渡されてしまった。ベンチの上でずっしりと重いその雑誌をぱらぱらめくってみると、ご丁寧にミリナリー・コースがあるカレッジのページに付箋《ふせん》が貼ってある。あたしが英語を読むのを面倒くさがると思って、ケイタが下調べしてくれたんだろう。

彼のおかげで、安い下宿も見つけたし、仕事も見つけた。ケイタがいなかったら、あたしはとっくに日本に帰ってただろう。

珍しく晴れた午後の燦々《さんさん》と明るい太陽の光を浴びながら、あたしはちょっと憂鬱《ゆううつ》な気分になっていた。こんな日のこの国の公園の芝生は、絵具の緑色を塗りこめたような、ちょっと現実のものとは思えないほどの鮮やかな緑色で、その現実味のなさが人を不安にさせる。

どうしたらケイタのようにいつもポジティヴな気分でいられるのだろう。

あたしは「フラッドライト」をベンチの脇に置いて足を組み、赤いファイルを小脇にはさんで地下鉄の駅の中に消えていく語学学校の学生たちの姿を見ていた。

あそこにはもう絶対に戻りたくないなと思いながら。

けたたましい時計の音に目が覚め、あわててボタンを押した。ジリジリジリという古典的な、ベルのような音を立てる目覚まし時計は、チャカの妹が使っていたというこの部屋に残されていたものだ。

ベッドから起き上がり、窓のカーテンを開けて外を見る。赤茶けたレンガの壁とあずき色の屋根から突き出た煙突のだらだら続く行列。見慣れた造りの家が立ち並ぶ狭いストリートは小雨で濡れていた。

雨が降っているということは地下鉄が遅れるかもしれない。こんな日は乗り降りする人の数が多いからだ。ベッドを出て、あたしはバスルームに向かった。ドアを開けようとすると、鍵がかかっている。誰かが使っているのだ。

　しばらく待っていると、

「モーニング！」

と言って、にこにこしながらチャカが出てきた。メデューサみたいな巨大なドレッドヘアに白いバスローブ、ピンク色のぬいぐるみみたいにふわふわのスリッパを履いている。首から上と下がまるで別人のようだ。ピンクのスリッパを履いているということは、夕べガールフレンドが泊まったんだろう。パリに引っ越して行ったというチャカの妹の部屋をあたしが使うようになったとき、クロゼットの中からまだ新品のスリッパが出てきて、ガールフレンドのお泊まり用にすると言ってチャカが持っていったのを覚えている。

「モーニング」

　あたしも挨拶をして急いでバスルームに入った。歯を磨いて顔を洗い、すっぴんのまま髪をポニーテールにする。部屋に戻ってジーンズとセーターを着てリュックを背負い、階段を下りて玄関から外に出ようとすると、キッチンのほうからアレサ・フランクリン似のチャカの母親の野太い声がした。

「ミッキー、朝ごはんは？」

「いりません！　仕事場で食べます」

そう答えてドアを閉め、あたしは家の外に出た。細い雨が降っているが、傘をなくしたので濡れて行くしかない。

職場があるゴルダーズ・グリーンに行くには、地下鉄を二回乗り換えなければならなかった。やっぱり雨のせいでいつもより電車が込んでいて、プラットフォームも濡れてつるつる滑る。朝の七時すぎから電車に乗っている人たちは、なんとなく労働者風の見た目の人が多い。ペンキで汚れたズボンをはいた人、てらてら黄色い蛍光色の安全ベストを着た人、介護士風のチュニックみたいな青い制服を着た人。この仕事を始めるまで、こんなに朝早く地下鉄に乗ることはなかったから、時間帯で乗客の層が違うなんて考えたこともなかった。早朝の労働者たちは白人以外の人が多い。雨の日はみんなどことなく憂鬱そうだ。むわっとした湿り気のある車内の空気が重苦しい厭世感《えんせい》で淀《よど》んでいる。

ゴルダーズ・グリーンの駅を出て、まっすぐ地元のスーパー・マーケットに向かった。昨日渡された材料費が財布の中に入っている。それで野菜や肉を買い、あたしはバスに乗って職場に向かった。二度も電車を乗り換え、その上、バスにも乗らなければ辿り着かない職場は、日本食のスーパー・マーケットの二階にあった。そこはスーパーの従業員用の宿舎になっていて、あたしはキッチンで従業員たちの昼食を作る「まかないさん」として働いていた。

　この仕事を見つけてきたのもケイタだった。もともとこの仕事をしていた女性がケイタと同じカレッジに通っている英国人のガールフレンドだったか、あるいは、その英国人の友達のガールフレンドだったか何かで、その女性が日本に帰るという話を聞きつけ、あたしを後任にどうかと紹介してくれたのだった。この国で仕事を見つけるときは、レフェリーという、推薦人というか身元保証人というか、あたしを前から知っていて、働きぶりや人格について、ちゃんとした人ですよと手紙に書いてくれたり、あるいは雇用主に電話で太鼓判を押したりしてくれる人の存在が必須だ。単なるバイトとか、ボランティアに応募する場合でも必ずレフェリーがいる。

　でも、ここの仕事の場合、前任者の紹介なのでそういう手続きもすっ飛ばして仕事をゲットすることができた。やり方は前任のエリさんが全部丁寧に教えてくれた。ロンドンに五年住んで絵を描いていたという、笑顔のきれいな飄々《ひょうひょう》とした人だ。一見するとまだ日本の女の人っぽい薄化粧をしているし、髪も朝シャンしたみたいにサラサラに清潔で、日本に帰ったらすぐに街の光景に溶け込みそうだ。けれども、ちょっとやそっとじゃオタつかない、みたいな静かな肝の据わり方というか、物事に動じない芯《しん》の太さがある人に見えた。

「メイン二品と、ちゃっちゃっと作れる野菜の小鉢二品とあとは汁物一品。バランスを考えてテキトーに」

「時々、ちょっと人数が増えるときもあるから、分量は気持ち多めでテキトーに」

「日本食のスーパーだから、調理用ソースとかは下に降りて行ってテキトーに貰って来れるし、目分量で味を見ながらなんとなくテキトーに」

献立の立て方から二十人分の食事の量、従業員に人気のメニューの作り方まで、彼女はテキトー、テキトーを連発した。だが、四年もこの仕事をしてきたというだけあってやたら手際がよく、言ってることがテキトーなわりには作るものすべてがおいしい。


三日ほどエリさんのアシスタントとして引き継ぎをし、ついに一人で昼食の支度をする朝が来た。テキトー、テキトーと一生懸命に口ずさみながらやってみたが、やっぱりエリさんのようにスムーズには進まなかったし、最初の数日は、正午に昼休みを取る人たちがスーパーから二階に上がってきても、ランチの準備はできていなかった。

「すみません、あと十五分で、い、いやたぶん十分でできます！」

そう言うと、初日は、

「いいよ、焦らないで」

「手間ひまかけておいしいものを作ってくれてるんだね」

とか言ってみんな優しかったのだが、二日目になると、無言でぷいっと再び下に降りて行く人がいて、三日目には、

「もうちょっと朝早く来たほうがいいんじゃない」

と言われた。

だからその翌日から、あたしは決められた勤務時間よりも早くキッチンに入るようにした。あたしはエリさんみたいにテキトーにささっとやっても何かを完璧に成し遂げられるタイプではないのだ。いちいち料理本を広げて分量をチェックし、何から先にやればいいのか前もって計画と時間配分を紙に書き、それを綿密に追いかけるようにして作業をしていかないと、正午までにすべての料理を手際よく仕上げることなんかできない。ふつうの飲食店や売店で働くより時給ははるかに良かったし、キッチンで一人もくもくと料理すればいいだけの仕事なんて気楽だと飛びついた仕事だったが、実は思ったより何倍も大変だった。

日本食スーパーで働いている人たちはほとんど男性だった。女性も二人いたが、どちらも子どもを持つお母さんで、彼女たちは住み込みではなく、近所から通っていた。一人は昼休みになると必ず家に帰ったし、もう一人はダイエット中だとか言って、小さな自分のお弁当を持ってきて食べていた。なので、あたしが作った昼食を食べるのは全員男性で、

唐揚げとかカツカレーとか、脂ぎったがっつりメニューが人気だった。

朝はキッチンにあるパンを焼いたり、棚に入っているシリアルを食べていいことになっていたし、お昼も自分が作ったものをスタッフたちと一緒に食べていいことになっていたので食費が浮いて助かったが、揚げ物を大量に作った後は胸焼けになり、せっかく無料なのにランチはあんまり食べられなかった。


まかないの仕事を終えてチャカの家に帰ると、ケイタが居間で紅茶を飲んでいることがよくあった。チャカの母親と一緒にソファに腰かけ、二人して肩でリズムを取りながら古いジャズのコンサートのビデオを見ているのだ。下宿先に友達を連れてくるのはやめてほしいと言われていたが、ケイタは特別だった。というか、実際、あたしよりもケイタのほうがこの家に溶け込んでいて、あたしが住んでいるのかケイタが住んでいるのかわからないほど、ここに入り浸っている。

そもそもこの下宿先を見つけたのもケイタだった。まだあたしがまじめに語学学校に通っていた頃、学校の帰りにケイタがあたしに会いに来て、二人で駅に向かって歩いていたら、長いドレッドヘアをゆさゆささせて、チャカが反対側から歩いてきたのだった。

「ヘイメーン！」

いきなりケイタが声をかけ、右手の拳《こぶし》を前に差し出した。

「ヘイ、ワッツアップ・メーン！」

とチャカも右手の拳を前に突き出し、ケイタのそれと突き合わせる。チャカは小脇に銀色のラジカセを抱えて歩いていて、スピーカーからは大音量でレゲエが流れていた。

「クール！　トゥーツ＆ザ・メイタルズ最高！」

ケイタはそう言って唐突に道端で体を揺らし始めた。それに合わせてチャカも「ヤー・メーン」とか言ってケイタと一緒に踊り始める。

「君、この辺に住んでんの？」

とチャカに聞かれてケイタが答えた。

「いや、友達の学校がこの辺にあるんだ。彼女、いま部屋を探してて、これから一緒にニュース・エージェント（街中の小さな雑貨屋）の貼り紙を見に行くところ」

「部屋、探してるの？」

チャカがあたしのほうを向いて尋ねたが、ケイタはあたしの代わりに流暢《りゅうちょう》な英語で答える。

「いま住んでるところが最低で、大家の中年男が日本人の女の子ばっかりに部屋貸してるんだけど、昼間に勝手に女の子たちの部屋に入っていろんなもの触ってたり、バスルームを覗いたりしているような気がして気持ち悪いんだって」

「おー。そりゃ気色悪いなー」

あたしはテンポのいい二人の会話をうっとり聞いていた。白人の英語とリズムが違うからだ。いまでもチャカやチャカのガールフレンドや母親が会話しているときには聞き惚《ほ》れてしまう。彼らの会話は会話じゃない。音楽だ。そしてケイタはその話し方についていけ る。

「セブンシスターズ？　ええやん、ええやん。ミキ、どう思う？」

気が付いたらケイタが日本語でそう言ってあたしのほうを見ていた。

「え？　ごめん、何が？」

ぼんやりしていたあたしがそう聞き直すと、ケイタが日本語で説明を始めた。チャカというこの男性は大工だそうで、このストリートにある家でいま大工仕事をしているらしい。で、セブンシスターズという駅の近くの一軒家に母親と同居していて、同居していた妹が家を出て行ったばかりなので彼女の部屋が空いている。よかったら、そこの部屋を貸してあげようかとオファーしているというのだ。

「いっぺん、見に行ってみる？」

ケイタがそう言うのであたしは間髪をいれずに「イエス」と頷いた。白人のスケベ爺《じじい》の家を一日も早く出たかったからだ。

「じゃ、明日、この時間にここで。車で待ってるから」

そう言い残し、再びケイタと拳を突き合わせてからチャカが去って行った。

「今日、ここ歩いててよかったなあ。ほんま、ええタイミングう」

チャカの後ろ姿を見送りながらケイタが言った。

「すごい偶然だよね。あの人、前から知ってるの？」

そう尋ねると、ケイタは真顔でこちらを向いて答えた。

「いや、今日初めて会《お》うた人」

ケイタといると、一事が万事、こんな感じで、どんどん物事が先に転がっていく。が、あたしはそこまでノリのいい人間ではなかった。


だから、いつものようにチャカの家の居間に座っていたケイタに、

「仕事、どんな感じなん？」

と聞かれたときも、うまくお茶を濁すことができなくて、本当に思っていることを言ってしまった。

「せっかくケイタに探してもらった仕事だけど、あたし向いてないと思う。すごく疲れる

し。短時間にうわーっといろんなことをやらなきゃいけないから、うまくできない」

日本語でそうケイタに答えると、きょとんとした顔でチャカの母親があたしのほうを見ている。ケイタは急いであたしの言葉を英語にして彼女に説明した。

家の中でもいつもきれいに口紅を塗っているチャカの母親が、あたしの顔を見て言った。

「そんなこと言ったって、まだ始めたばかりなんだから。新しい仕事を始めるときは誰だって疲れる」

それはその通りなのだが、二十数年の人生で、あたしもそれなりにいろいろな仕事をしてきていた。いくらやり始めでも、こんなに疲れる仕事は初めてだ。これは根本的に不向きであるということの証拠だろう。

それに、実はあたしがまかないの仕事をやめたくなっているのには、もう一つ理由があった。でも、そっちのほうはなんとなくケイタには言い出せなかった。

「エリさんな、あそこで働きながら、アートスクールのパートタイムのコースに通って絵を描き続けた人やねん。他にしたいことがあって、そのために稼ぐんやったら、理想的な仕事やで。短時間で時給はめっちゃええし、食費も浮くし」

チャカの母親がキッチンに立って行った後で、ケイタが日本語でそう言った。

……そりゃエリさんみたいに、したいことがあるんならいいだろうけど。

あたしはとっさにそう思ったけど、黙ってビデオのジャズ演奏を見ていた。チャカの母親が紅茶のカップを持って居間に戻ってきて、ティーテーブルのあたしの前に置いてくれたので、

「サンキュー」

と礼を言うと、彼女はどかっとソファに座り直した。

「仕事が見つかるだけでも恵まれてる。失業中の若者たちが街に溢れているときに、あなたたちは日本人コミュニティの中で簡単に仕事が見つけられる。この国の若者たちよりラッキーだ」

ジャズコンサートのビデオが終了したので、チャカの母親がテレビに切り替えた。それはニュース番組で、いきなりサッチャー首相の喋っている顔が大写しになった。

「いい音楽を聴いた後に見る顔じゃないわね」

チャカの母親はそう言って急いでチャンネルを替えた。

じきにチャカも仕事から帰ってきた。楽しそうにケイタと居間でブラックミュージック談義を始めたので、あたしは自分の部屋に行って横になった。午前中しか働かないバイトの仕事で、こんなに疲れ切っている理由は明らかだ。あの仕事のきつさは肉体的なものではなく、精神的なものだからなのだ。

もちろん、最初から手際よくおいしいものを作れるわけではないから、「おいしい」とか「いい味」とか言って褒められることは期待していない。それに、例えばこの国の人たちはバスから降りるときに必ず運転手さんに「サンキュー」と言うが、日本の人たちは自分に何かのサービスを提供している人に礼を言う習慣がないので、そういうことも期待していない。だけど、あたしはそこにいて給仕しているのに、なぜかまったくそこにいない者のように扱われていて、あたしはそのことにいまだ慣れることができずにいるのだった。

チャカの母親はテレビでサッチャーの映像を見ながら「いい音楽を聴いた後に見る顔じゃない」と言った。しかしそれは、サッチャーがその場にいないから言うのであって、目の前にサッチャーが立っていたら、さすがに彼女だってそんなことは言わないだろう。

ところが、ランチを食べに上がってくるスーパーの従業員たちは、食堂とキッチンは間仕切りも何もなくてオープンスペースになっているのに、「塩辛い」とか「どうやったらこんなにまずいトンカツになるの?」とか大きな声で言う。もちろん、まかないのあたしはご飯を作ることでお金をもらっているのだから、合格点のものが作れない以上、文句を言われてもしょうがない。けれども、あたしが何よりつらいのは、彼らにとってあ、た、し、だ、け、が存在しないらしいことだった。

だってエリさんのときは明らかに違ったからである。エリさんみたいに料理がうまくて、きれいで、おしゃべりも上手で素敵な人だったら、彼らは先を争うようにして話をしたがった。キッチンに上がってきたときから「よっ」とか「今日の献立は何？」とか言って嬉しそうに笑っていた。なのにあたしは、彼らに言葉をかけられることもない。彼らはあたしの顔すら見ないのである。

職場のことを思い出しながら自室に転がって悶々《もんもん》としていると、ケイタが帰ると言いに来たので、駅まで送っていくことにした。

「仕事、そんなに大変なん？」

脇を歩いているケイタが聞いてきたのであたしは答えた。

「最初はどんな仕事でも大変って、チャカのお母さんが言ってた」

「まあな。もうちょっと慣れるまでやってみたら。意外と好きになるかもしれへんで」

そんなことは絶対にない。と思ったが、声には出さなかった。

大家のおじさんが気持ち悪いとか、お金がないから仕事を探さないといけないとか、そういうことはいくらでもケイタに相談できるのに、いまの仕事場で無視されていることに関しては、なぜか言い出せない。

どうしてなんだろう、と思った。

恥ずかしいからだろうか。

だとすれば、あたしは白人のおじさんに部屋からタイツを盗まれたり、家賃が払えないぐらい貧乏になったりすることより、職場の人に無視されることのほうが恥ずかしいと感じていることになる。

でも、どうしてそれがそんなに恥ずかしいのだろう。

たぶん、おじさんから変な目で見られたり、貧乏になったりすることは、まだ人間がすることだからなのかもしれない。だけど、そこにいるのにいない者にされることは、人間以下の存在だと認定されることだ。

「ほな、また週末に」

気づいたときにはそう言ってケイタが地下鉄の駅に向かう地下道の階段を下りていっていた。あたしはくるりと踵《きびす》を返した。早く帰って寝ないと、明日もまた仕事だった。


まかない業を始めて一か月ぐらい経つと、それでもわれながらけっこういい味なのではないかと思うものが作れるようになった。肉じゃがとかカレーとか、日本の男の人が好むと言われているメニューが、わりと上手に作れるときがあって、味見をしたときに「これは！」と自分でも感動し、そんなときには誰かが何かを言ってくれるのではないかと期待して待っているのだったが、誰も何も言わない。うまく作れて当たり前なのだろう。

壁や家具ぐらいの存在でいることに慣れてくると、あたしはますます自分の気配を消し、ただ人々の会話に耳を傾けていた。気づいたのは、ここの従業員たちは、あたしがこれまで英国で会った日本人たち（日本人離れした人たち）とはまったく違うということだ。食事が終わったら読むのも日本の雑誌や新聞ばかり。それらは、英国で買う現地のものと比べると何倍もの値段がするのだったが、このスーパーの社長が従業員たちのために定期購読していた。プロ野球の結果とか、「少年ジャンプ」の話とかしている彼らの会話を聞いていると、英国にいる気がまったくしなくなる。

だんだん彼らの身の上もわかってきた。日本国内でこの企業に雇われて就労ビザを取得してから英国に渡ってきた人たちは、日本で寿司《すし》職人をしていたとか、豆腐を作っていたとかいう、特殊技能を持つ人々だった。それ以外の比較的若い男性たちは、留学生としてここでバイトをしているうちに、そのままフルタイムで雇用されるようになったようだ（単なる語学留学生がスーパーの従業員のような仕事で就労ビザを取得するのはまず不可能と聞いていたので、いったいどういうステイタスで働いていたのかはわからない）。また、このスーパーのスペイン支店が閉店したので英国に渡ってきたという人もいた。単身でスーパーの寮に住んでいる人もいれば、配偶者や恋人と一緒に住んでいる人もいて、話を聞く限りでは、配偶者や恋人もみな日本人だった。

だからなのか、彼らは長いあいだ英国で暮らしているわりには英語を話さなかった。スーパーの客の九割は日本人だったが、たまに日本食好きの英国人がやってきて、商品のことを質問したりすると、彼らは英国人と結婚しているパートの女性たちを呼んできて接客させた。

まかない料理の材料を買うとき、下のスーパーにあるものはそこで調達するように言われていたので、毎朝、あたしもスーパーの中をうろつくが、こうした男性従業員たちの様子を最初に見たときは驚いた。というのも、英国に来てからというもの、自分自身も含めて、「わからない自分が悪い」という感じで、英語で誰かとうまく話せないことに焦ったり、おどおどしたりする日本人ばかり見てきたからだ。が、ここの男性たちは、英語で話しかけられると、「めんどくせーなー」という態度丸出しで女性のパートさんたちを探しに行く。「お客様は神様」みたいなのが日本の接客業かと思っていたけど、ここの男性たちは違った。話しかけられたくなくてずっと背を向けている人もいるし、「日本語がわからない人は来なくていいんだよ」みたいな態度を丸出しにしている人もいた。外国にいるからといって卑屈になっていない、と言うこともできるだろうが、リトル・ジャパンみたいな店の中で日本人以外の客を排除しているとも言える。

こうした排除の対象は日本語が喋れない客だけではなかった。パートの女性たちにも彼らはとても冷淡だった。昼食後に食堂で休憩しているときにも、パートの女性たちの悪口を言っていた。太っているとか、顔が誰かに似ているとか言って笑っていたり、「ああいう女は日本じゃ通用しない」とか「偉そうに口答えする」とか言ってる人もいた。

彼らの会話を聞くことが日課になり、あたしはますます壁らしさを増していったのだったが、そうして本当に存在感のない者になってしまうのも彼らには面白くないみたいだった。「ちょっとワケあり」でこのスーパーに住み込みで働くようになったらしい若い男性が、「ムカつくんだよね、面の皮の厚い女。けなしてもけなしがいのない鈍感なやつ」と言いながらニヤニヤしてこちらを見ていることもあった。

無視されたり、料理のことをとやかく言われたりしても動じない壁になっていると、いじめがいがないのだろう。彼らの言葉にいちいち傷ついたり、オロオロしたりしながら、彼らに気に入られるように健気《けなげ》に頑張っている姿が見たいのだ。たぶん、それが「かわいげがある」ということなのである。

これはパワーゲームなのだと思った。外で働いてストレスをためている男性が家庭で女性をいじめる虐待に似ている。ここでは、海外に来て働いてストレスをためている男性が日本人コミュニティで女性をいじめているのだ。

ほとほと嫌気がさしてきたのでやめたかったが、家賃も払わなくてはいけないし、次の仕事が見つかるまではやめられない。そんなやる気のなさで作っているものだから、徐々にあたしの料理は本物のテキトーになった。エリさんの、熟練したおいしいテキトーじゃなくて、単にまずいテキトー。自分をいじめたり無視したりする人たちにうまい料理を食わせようなんて力も湧かなくなったし、うまかろうがまずかろうが料理さえ出しておけば時給は変わらないのだから、いろいろ考えて可憐《かれん》に気にするほうがバカバカしい。煮物の長ネギの芯からジャリジャリ土が出てきたときだけは、さすがに、「これ、洗ってないでしょ」とあたしのほうを向いて苦情を言った人がいた。そういうときだけは、壁は人間になるらしい。

「自分がどんどん低くなっていくような仕事って、したことあります？」

仕事が休みの日の朝、キッチンでコーンフレークを食べながらそう言ったとき、チャカの母親は少し驚いたような顔であたしのほうを見て、どぼどぼポットからマグカップに紅茶を注ぎながら答えた。

「そうね……。あるかもね」

「それはどんな仕事でしたか？」

「あたしはずっと人の家を掃除する仕事をしていたから、そのときの、ある家での仕事」

「ということは、それはどんな仕事かということじゃなくて、特定の場所での仕事ってことですか？」

「うん。同じ仕事をしていても、自分が低くなっていく場所とそうじゃない場所があると思う」

あたしは黙ってテーブルでコーンフレークを食べ続けた。チャカの母親は紅茶を入れたマグカップを持ってきて、あたしの向かいに座った。

「やっぱり嫌なの、いまの仕事？」

仕事をやめると下宿の家賃が払えなくなると思って心配しているのだろう。

「……イージーな仕事なんです。日本人ばかりの職場で、日本語喋って、日本のご飯作って、すごくジャパニージーだから、わからないこともないし、我慢できないほど苦しいわけでもない。すぐにやめたいってわけでもないから、ちゃんと次を見つけてからやめますね」

チャカの母親はじっとあたしの顔を見ていた。下町のパワフルな肝っ玉かあさんみたいな彼女は、それでも時々、哲学者みたいな妙に深遠な顔つきになるときがあって、このときがまさにそうだった。

「人間が低くなるには、二つあるんだ。一つ目は、他人に低く見なされるから自分が低い者になったように思えるとき。これは闘うべきだし、どちらかといえば簡単な闘い。もう一つは、本当に自分自身が低くなっていくように思えるとき。こういうときは、その場からできるだけ早く離れるべき」

あたしはスプーンを置いてチャカの母親の話を聞いていた。毎週、家賃を払う日の前の晩には欠かさずリマインドしてくるしっかりした彼女が、できるだけ早く職場を離れろなんて言うのは意外だった。

「どうしてだと思う？」

「……？」

「あたしたちみたいな仕事をしているとね、いつも人から下に見られる。だけど、自分自身を愛していれば、それに抵抗できるし、自分を低くさせているものと闘うことができる。でも、自分自身が人間としてどんどん低い者になっていく感覚があると、自分が愛せなくなる。あなたは自分を愛してる？」

そう聞かれて、あたしは答えた。

「……いいえ」

「それが仕事のせいなら、やめたほうがいい。自分を愛するってことは、絶えざる闘いなんだよ」

闘い。なんて、そんな大げさな言葉でまかないの仕事を語るのは滑稽だし、自分のことを愛したからと言って一ポンドの足しにもならない。ファイト（闘う）という言葉の連発も、日本語の感覚でいえばベタで困惑した。

そんなことを考えながら黙っていたあたしの気持ちを見透かすように、チャカの母親はダメ押しするように言った。

「自分のソウルによくない仕事はやめるべき」

あたしは彼女の大きな丸い瞳に射貫《いぬ》かれていた。

彼女の口から出た「ソウル」という言葉は、「魂」というひ弱な言葉に訳したくないぐらいどっしりと肉体感があった。

「家賃は少しばかり滞納しても大丈夫。うちは利子をつけたり、そんなことはしないから」

急にサバサバと現実的なことを言い残し、彼女は居間のほうに消えて行った。

あたしは再び顔を上げ、スプーンを握って、コーンフレークを食べ始めた。

世の仕事はすべて時給を貰うためにあると思っていた。

ソウルなんてものがそれと関係しているとは、考えたこともなかった。

日本の企業だから、日本風の辞表を書けばいいのか、それとも英語で書けばいいのか。そもそも、きちんと雇用契約を結んだ覚えがないのでそんな書面は必要ないのか。そんなことすらよくわからず、やめるときのこともちゃんとエリさんに聞いておくべきだったと思った。そうしてぐずぐず、ずるずるとスーパーの二階で壁になっている間にも、いろんな会話が耳に飛び込んできた。

「もうすぐビザ更新の時期なんですよ」

若い従業員が中年の従業員に相談している。

「またクロイドンの移民局詣《もう》でか」

「はい。もう考えただけで、面倒くせえなあって」

「だよな」

「日本に帰りたい気もするんですけど」

「…………」

「でもねえ、なかなか……。ロンドンにいたって言っても、ここで働いた経験しかないし、英語もできないし、会社員とかではもう雇ってもらえなそうじゃないですか。新卒でもないし」

ソファやテーブルの椅子に座って休憩している職員たちが、みな彼のほうを向いて共感の眼差しを向けている。

こうやって彼らは帰れない人たちになるのだろう。

英国に長くいる人たちは、英国での生活のほうが合っているから帰らないという人ばかりではない。日本に帰りたくなったときに帰れなくなっている人たちもいる。ぐずぐず、ずるずるといつまでも続けていると、そのうち手遅れになるのだ。

数日後、スーパーの社長がまかないの昼食を食べに二階に上がってきた。いつも下の階のオフィスにいる社長が、ここに昼食を食べに来たことなんて一度もなかったから、これは何かある。たぶん、まかないの食事がまずいとか、ちゃんと野菜も洗ってないとかいう従業員たちの苦情が増え、ついに自分で食べに来たのだ。

昼食を終えて社長が階段を下りて行ったとき、いまだ、と思って後を追った。

あたしは彼の後から社長室に入り、やめたいんです、といきなり話を切り出した。料理は得意だと思っていたけど、大人数の食事を作るのはまた別のスキルが必要だし、いつまでたっても上手にならないので精神的にもストレスになり、やめさせてほしいと言ったら、社長はすんなりそれを受け入れた。こちら側からやめてほしいと言い出すのは難しいと考えていたところだったから助かった、と言わんばかりの物分かりの良さだった。

今月いっぱいでやめられる。そう決まったら急に体の調子がよくなった。まかないの仕事を始めて以来、食欲も落ちて、あまりものを食べなくなっていたのだけれど、翌日から朝食も昼食もモリモリ食べられるようになったし、そうなってくると自分の好きなものを作りたくなった。

どうせやめるとなったら、エリさんに言われていた「従業員に人気のメニュー」なんか作る必要もないのだし、食費が浮くうちに自分の好きなものを作って食べておこうと思ったのだ。カレーよりクリームシチュー、トンカツより酢豚、炊き込みごはんよりパエリア。自分が食べたいものを作るのだから、ちゃんと野菜も洗ったし、何度も味見をして、隠し味の香辛料にもこだわった。食べてもらうためではなく、自分が食べるためのものを料理するキッチン。そこは以前よりもずっと真剣な作業場になった。

もう口うるさい人たちに何を言われてもいい。

あたしはピュアにあたしだけのために料理するのだ。

うまいかまずいかを決めるのもあたしなら、明日何を食べたいか決めるのもあたし。どんな味つけがおいしいかと決めるのもあたし。それ以外の人たちなんかどうでもいい。まかないさんにあるまじき心構えで料理していたのだが、なぜか、昼食時間の終わりに残っているおかずの量が減ってきた。すっかり空になっている大皿も珍しくない。おかずがたくさん消費されるから、炊飯器のごはんもほとんど残らなくなっている。せっかく自分の好きなものを作って残飯をタッパーウェアに詰めて持って帰るつもりにしていたのに、あたしが好きなものを作り始めると、従業員たちが以前のように料理を残さなくなった。

最後の最後まで本当に意地の悪い人たちだ。そう思ったので、正午に従業員たちが二階に上がってくる前に料理の一部を自分のタッパーウェアに詰めてリュックの中にしまうようにしたが、そのうち奇妙な言葉を耳にするようになった。

「うまい」

「これ、いけるじゃん」

みたいなことをぼそっと言う人たちが出てきたのである。

それは、まったくもって不思議な現象だった。あたしがキリキリしながら材料の分量を量ったり、エリさんの言葉を思い出したりしながら、「こういうのがいいらしい」「こういう風にしたほうが喜ばれるらしい」と一生懸命に作った料理はちっとも愛されなかったのに、彼らのことを全然考えずに作った料理はなぜか「おいしい」と言われる。

そんなある日、エリさんが唐突にまかないのキッチンに戻ってきた。昼食の支度をしていると、予告もなくすっとドアを開けて入ってきたのである。

たくさん物を詰め込んだ大きな布製のトートバッグを肩から下げ、きれいなネイビーブルーのジーンズをはいて現れたエリさんは、あたしの後任の人が見つからないので、見つかるまで以前のようにここで働くことになったと説明した。たったいま、下で社長とその話をしてきたのだと言う。

「日本に帰る予定じゃなかったんですか？」

大鍋をかき混ぜながらあたしが尋ねると、エリさんは答えた。

「帰るまでまだちょっとあるし、もうちょっと稼いでから帰るのもいいかなって」

ここで引き継ぎをしてくれたときには、一か月後には日本に帰ると言っていたような気がしたので、何か事情が変わったのかなと思った。

「何作ってるの？」

エリさんが鍋の中を覗き込んできた。

「ビーフストロガノフです」

「へー、カレーじゃなくて？」

「はい。自分が食べたいから」

「うん、そういうのも、ありよね」

エリさんはそう言って爽やかに笑った。この柔らかさと健やかな笑顔。これこそ彼女が従業員たちに好かれるポイントなんだろうなと思った。何を言っても、何をやっても、彼女には嫌味がない。ねっとりしたあたしとは正反対だ。

本当に月末でやめることが確定したことには安心したが、反面、なぜか少し寂しいような気もした。「うまい」とかいう言葉を従業員たちから聞くことに喜びを感じるようになっていたからだ。それに、好き勝手に料理して自分の好物を作って食べていると、なぜか作業もうまくいくし、あたしにしては珍しく陽気になって、たまに鼻歌を歌っている自分に気づくことさえある。だけどそれにしたって、もうすぐこの仕事をやめられるという高揚感があるからかもしれないが。

その日、十分ぐらい話した後でエリさんは帰って行った。仕事を終えてチャカの家に帰ると、またケイタが遊びに来ていたので、エリさんがキッチンに来たことを話した。後任が決まるまでまかないの仕事をしてくれるらしいと伝えたら、ケイタはこう言ったのだった。

「後の人が決まるまでやなくて、ずっとまかないさんに戻るんちゃう」

「え？　だって、日本に帰るんでしょ？」

「いや、帰らへんちゅう話を聞いたで」

「なんで？」

「怖気《おじけ》づいたんちゃう」

「は？　何に？」

ケイタの言葉の意味がわからなかった。

「五年も海外にいてると、ほんまに帰ってもやっていけるんやろかって考えるようになるし。エリさんも、もうあと何年かで三十や言うてはったから、いざ帰るってなったら、仕事のこととか、いろいろ考えたんちゃう」

「…………」

「日本に帰って働きだしたら、絵もそんなに描けんやろし。まだこっちの生活を捨てる気になれんのちゃうか。いっぺんは帰ろうと本気で決めたんやろうけどな。……まあ、ありがちな話や」

しみじみした口調でケイタが言うので聞いてみた。

「ケイタもそんな風に思ったことある？」

「……あるよ」

妙にまじめな顔でケイタが言った。

「いつまでもこんなシット・ジョブばっかりしとってもしゃあないし。写真とかあほなこと言うてへんで、そろそろ日本でまともな仕事につかなあかんって、電話するたんびに親に言われてる」

　シット・ジョブ。それはこの国の人たちが、低賃金の労働を語るときに口にする言葉だった。店員とか作業員とかベビーシッターとか配達員とか、そういう仕事をしている労働者たちが、自分で自分の仕事を指して言う言葉。シット《くそ》みたいな時給しかもらえないのに、シット《くそ》みたいにきつくて、シット《くそ》みたいに扱われる仕事。他にやりたいことがあって、それまでの繋ぎにするなら期間限定だからと認められるけど、ずっとそれをやっていると、ケイタの家の人みたいに「まともな仕事につけ」とみんなが言うような仕事。そういう仕事をしている当事者たちが、そういう仕事をしている自分と世の中を呪詛《じゅそ》するように吐く言葉。それがシット・ジョブだ。俺たち・あたしたちがやっているのは「くそみたいに《シット・》報われない仕事《ジョブ》だよ」という意味なのだ。

　だけど、ケイタやエリさんのように勉強していることや他にしたいことがあって、その希望や夢を支えるために低賃金の仕事をやっている人たちは、実のところ、副業的にシット・ジョブをやっているのだ。ほんとうに本業でシット・ジョブをしている人たちではない。

「じゃあ、ケイタもそのうち日本に帰るの？」

と聞いてみた。

「いまは考えてへん。いまはただ写真を撮り続けるだけ」

前にケイタから見せてもらったいくつもの箱に入った写真の束のことを思い出した。北米や南米やインドやパリやアムステルダムやロンドンで撮り続けてきた彼の写真。あたしにはその価値や良さはよくわからないけど、彼が面白いと思って撮っている写真には、彼が面白がっているだけの熱量がこもっているのは伝わった。

ひょっとすると、やめると決まったら自分の食べたいものを作りたくなって、自主的に作っていたあたしの料理にもああいう熱量がこもっていたのかもしれない。

それでも、あたしはあの仕事をやめる。そして日本に帰ることをやめたエリさんが戻ってくるのだ。


まかないの最後の日、あたしはいつも通りに働いて、いつも通りにキッチンの扉を閉めて外に出た。明日からエリさんが戻ってくるのだから、引き継ぎの必要も何もない。いちおう社長には最後の挨拶をしておこうと思い、階段を下りて裏庭を横切り、スーパーの裏口に向かって歩いていると、倉庫のほうから人の話し声が聞こえてきた。

倉庫の前にトラックが停まっていて、荷物を下ろしながら従業員たちが駄弁《だべ》っていた。

「今日のランチ、うまかったな」

「うん。いまとなっては別にあの子でもいいけどね」

「よく言うわ。お前が一番いじめてたくせに」

「だって頼まれたんだもん、しゃーねえじゃん」

あたしは足を止め、非常階段の下に隠れるようにして耳を澄ました。

「明日からまたエリちゃんご飯だ」

「うれピー」

「唐揚げカレーのリクエストしといたから」

「おー、いいねー！」

従業員たちは倉庫の中に入って行ったらしく、声がしなくなった。

あたしは再び庭に出て、スーパーの裏口に向かって歩いた。

社長は留守で事務所にいなかったので、店長にだけ挨拶しておいた。何度かあたしの料理にネガティヴなコメントをしたことのある店長は、満面の笑みで「体に気を付けて、がんばってね」と言った。このおじさんが笑うことのできる人だとはこのときまで知らなかった。

あたしはスーパーの敷地から出て、バス停に向かって歩き始めた。もう二度とこの街を訪れることはないだろうし、この舗道を歩くこともないだろう。だから最後に、この光景を目に焼き付けておこう。なんて気持ちになろうはずがなかった。

みんなグルだったのか、と思った。

いや、そういう結論にジャンプするのは被害者意識が強すぎるかもしれない。だが、どんなに心の態勢を立て直そうとしても、あたしははっきりと聞いてしまった。

あの従業員は、「頼まれてやっていた」と言った。

頼まれたという以上、誰か頼んだ人がいる。

それはあたしがやめると言い出してくれてホッとしたと言わんばかりの表情を見せた社長？

それとも、見たこともない笑みを浮かべていた店長？

唐揚げカレーが食べたかった人は、もしかしてエリさんと連絡を取り合ってる？

そりゃ四年も働いた職場だから、従業員たちと仲がいいのは当然だろう。ということは、日本に帰ることをやめたエリさんがあたしに嫌がらせするよう彼らに頼んだ？　まかないの仕事に復帰したかったから、あたしが自分からやめるように仕組んだとか？

でも、あの飄々として爽やかなエリさんが、そんな陰気なことをするとは思えない。

考えれば考えるほど、わからなくなった。

あたしはしばらくバス停に立っていたが、体の芯が煮えたぎるような感覚を覚えてじっとしていられず、舗道を再び歩き始めた。歩けば歩くほど、思い出せば思い出すほど、惨めさが噴き出してきた。あたしは壁のような存在になりきったつもりでも、本当は壁じゃなかった。いちいちあの人たちの言うことに耳を澄まして一喜一憂していた。彼らの言葉に傷つき、眠れなくなり、食べられなくなった。それを自分で認めたくなかったから、必死で仏頂面をして、あなたたちの言ってることなんてまったく響いてないですよ、というふりをしていた。

それなのに、倉庫の前で喋っていた従業員の一人はこんなことも言ったのだった。

「あの子、俺たちのこと小ばかにしてるっていうか、自分はこんな仕事をしてる人間じゃないのに、みたいな態度がムカつくんだよね」

あなたたちに、尻尾《しっぽ》を振らない犬の傷の深さがわかるか。

そう思ってぎゅっと両手の拳に力を入れたら、なぜかブーツの底が舗道の上をぬるっと力なく滑った。

「シット！」

視線を落とせば、黄土色の犬のクソが広がっている。

あそこで起きていたことが、はなから誰かに画策されて、指示されて、システム的になされていたことだとしたら。だとしたらあたしは、誰かの思いつきに踊らされて、誰かの思うツボにはまったことになる。ツボにはまって、クソにまでぬめっていることになる。

「シット！　シット！　シット！」

そう連呼しながら、あたしはブーツの底にべっとりついた半固形化した物体を見ていた。靴底の深い溝の中にも入り込んでいる。洗うのが大変なやつだ。

シットが転がる街のシットみたいな職場で、文字通りのシット・ジョブをやめてきた。

絶望というよりやけくそな心情であたしはクソのついたブーツを踏みしめた。一歩一歩スタンプを押すように、舗道にその跡を残しながら歩いた。

ヒロインぶってもしょうがない、人生なんて所詮《しょせん》クソまみれのブーツだ。そう思うと、なぜか唐突に口元に笑いがこみあげてきた。この笑いは、少なくともあたしのソウルにはよいもののような気がした。

振り向くと、点々とついたシットの跡がだんだん薄くなり、小さくなって、やがて見えなくなった。これはこれで、ケイタが写真に撮ってもいいぐらいの詩情があるかもしれない。あたしはまた前を向いて歩き始めた。

次の仕事は自分で探そうと決めた。

あたしのシットはあたしが決める。

第六話 パンとケアと薔薇

ケアする人々

それはフィービーの母が亡くなってからのことだった。長年、メンタルの病を患い、それに認知症も加わって引きこもりになっていた彼女の母の部屋には、様々のものが潜んでいることを家族は知っていた。だから、葬儀の後で、クロゼットの中や鏡台の引き出しなど、いろんなところを開けて遺品を整理することになった。

死の半年ほど前、母親がホスピスに入るときに、銀行のカードをどこに隠しているかわからなくなり、フィービーたちが家捜しをしたところ、クロゼットの中にいくつもおさめられていたバッグの一つの、一番小さな内ポケットに入っていたということだったので、どうやらバッグの中にはいろんなものが入っているのだろうという予感はあった。

はたして大小様々のバッグの中からは、たくさんの物品が出てきた。小さなテディ・ベア、大昔の住宅金融公庫の定期預金通帳、いつのものだかわからない薬局のお得意様カード、現金、指輪、たくさん線の引いてある自己啓発本。フィービーの母親は認知症になってから、これらのものをバッグに入れたり出したりして、子どもみたいに遊んでいたのだという。

本当に遊んでいたのか、それとも誰かに見つけられそうで隠し場所を絶えず変えていたのか、そこのところはわからない。が、大きなトートバッグの中からは、古いアルバムまで出てきたらしい。まだカバーフィルムなんかない時代の、台紙の上に直接写真が貼られているアルバムだ。臙脂《えんじ》色のビロードの表紙と黒い台紙のそのアルバムからは、いくつもの写真が剝がされていたらしい。半分ぐらい残されていた写真はすべて、娘たちが見たこともないほど若い日の母親のものだった。フィービーの母は二十歳で長女の彼女を産んだ。だから、結婚する前のアルバムにおさまっている写真の中の母親は、ティーンだったことになる。

「こんな写真、あったんだねえ」

「母さん、可愛かったんじゃん」

とフィービーたちは驚いた。葬儀のために母の写真をまとめたビデオを作ったとき、実家にある母親の写真は網羅したつもりだったのに、こんな若い頃の写真が取ってあったことを誰も知らなかった。

家族の写真はすべて居間の本棚のアルバムの中におさめられていたから、彼女は自分の若いときの写真だけ、人知れずこっそり隠し持っていたことになる。それをこんなに長い間、誰にも見せなかったということに、娘たちは複雑な心境になった。

もっと驚いたことには、そこには誰も知らない母親の姿があったらしい。彼女は白衣の天使のような若い女性たちに囲まれており、自分自身も白衣を身につけ、看護師のような姿で写っていた。

フィービーたちは、母親が病院で働いていたなんて聞いたこともなかったし、看護師になる研修を受けていたという話も知らなかった。しかし、何枚もそういう写真があるので、単なるコスプレというわけでもなさそうだ。

父親に、「母さんは看護学校か何かに行っていたの？」と尋ねてみたが、こちらもこちらで認知症が進んでいるので、「いや母さんはファッションモデルだった」とか「歌手だったこともある」とか言って、さっぱりわけがわからない。

「家族のことって、実はよくわからないものね」

フィービーはそう言ってため息をついた。

「ということは、お母さんもあなたと同じ仕事をしていたっていうこと？」

「わからない。おじやおばに聞いてみたくとも、みんなもう亡くなっているし」

ある昼下がり、フィービーと私は息子のカレッジに設置されたフードバンクの中にいた。保護者ボランティアの当番だったからだ。暇な時間帯だったので、私たちは椅子に座ってずっと雑談をしていたのだった。

「年をとると親戚《しんせき》もみんないなくなるから、昔のことがわからなくなっちゃうよね」

と私が言うと、フィービーが答えた。

「そうなのよ。だけど、どうして今まで誰も知らなかったんだろうと思って……」

フィービーによれば、彼女の母親は五人の娘たちを産み育てた。そのため、三十代半ばぐらいまで子育てに追われていたようだが、末っ子が小学生になったとき、清掃作業員のパートを始め、年金生活者になるまで同じ仕事をしていたそうだ。

「娘のうち二人が看護師になったのに、どうして何も言わなかったんだろう」

「確かに、不思議だよね」

と私も答えた。

「あなたたちの仕事を誇りに思う、って何度も言われたけど、まさかこんな写真が出てくるとは思ってもみなかった」

看護師の資格を取っていたのなら、子どもたちが成長したときに復職することもできたろうし、そうしなかったということは何か特別な事情があったのかもしれない。夜勤もある仕事だし、夫に反対されたとか、子どもたちに迷惑をかけたくなかったとか、女性にありがちな理由もあったかもしれない。

「でも、そのアルバムの中の母さんがすごくはつらつとして、いい顔をしていて、あんな母さんを見たことがなかったから、なんていうか罪の意識を感じちゃった……」

「罪の意識？」

「どんどん子どもが生まれちゃったから看護師になれなかったのかなって。そんな母さんの前で私たち、仕事の愚痴とかいつもこぼしてたから」

そう言ってハインツのトマトスープの缶を棚に並べるフィービーの背中を見ながら、私は亡くなった自分の母のことを思い出していた。

私の母も長年、日本で病院に勤めた人だった。彼女は看護師ではなく、介護士だったが、本当は看護師になりたかったとよく言っていた。けれども、彼女も早くに子どもを産んでしまったので、資格を取ることができなかったと嘆いていた。そのせいもあるのか、職場の看護師たちの悪口を言うことがよくあった。気が利かないとか、患者のことを考えていないとか、助手の立場なのに介護士の自分がほとんど仕事をしてやっている、あんな人たちのほうが偉そうにしているのが我慢ならないとか、そんなことを言っては憎々しそうに顔を歪《ゆが》めていた。

フィービーの母親は、かなえられなかった自分の夢について娘たちに話したことはなかったのだろうか。

「あなたたちに責任を感じさせたくなかったから言わなかったのかもね。素敵なお母さんじゃない」

と言うと、フィービーは少し沈黙してから言った。

「いつも自分のことは後回しで、家族とか、他人のことばかり考えている人だった。そんな生き方で本当に幸せだったのかなって思うときがある」

「…………」

自分のことは後回し、いつも他人の世話ばかりしている。そんなことを、私の母の葬儀でもスピーチした人がいた。

病院で働いていた人が亡くなると、こういうことを葬儀で言われがちなのだろうか。それとも、母親業をやった人が亡くなると、こういうことを言われがちなのだろうか。

「本当はそういう生き方をしたくなかったかもしれないよね」

フィービーがぽつりと言った。

確かに、本人は違う生き方がしたかったのに、死んでからも「ケアする人」の鋳型にはめられているとすれば、なんとも皮肉な話だ。

自分のことは我慢して他人のために生きた人。そういうことにしておきましょうよ、ねえ。そう片づけておきたいのは誰だろう。そういうことにしておくことで、都合よく故人の人生を美化し、整理して、残された者は生きていく。

「ケアする人」は、死んでまで誰かをケアする役目を背負わされるのだろうか。


次にフードバンクで一緒にボランティアをしたとき、フィービーはこんなことを言った。

「母親のアルバムから剝がされていた写真が見つかったの」

「え、どこから？」

「ベッドのマットレスの下から写真の束が出てきたのよ」

フィービーがそう言ったところで、一人の学生が中に入って来た。青いビニール袋を持ってフィービーが近づいて行き、「パンは一斤、缶詰は五個まで、ロングライフミルクは各人一カートンずつです」とルールを説明した。「それぞれの棚に貼ってある注意書きをよく読んでから袋に詰めてくださいね」といつものように念を押しながら学生の背後に立つ。

学生が制限個数を守りながら袋の中に食品を詰め始めたのを確認したフィービーは、また私のほうに戻ってきて話を続けた。

「それがね、なぜか……どの写真にも同じ若い男性が写ってるの。母さんのボーイフレンドだったのかもしれない」

「…………」

彼女の母親は、結婚して母親になる前の自分の人生を自分のものだけにしておきたかったのかもしれない。だから若いころの写真は、家族の写真と一緒にせず、別にして取っておいたのだ。

「でも、そのベッドは来客用の寝室にあって、私たちや孫たちが泊まるときに使っているんだよね」

「自分のベッドじゃなかったの？」

「うん」

フィービーはそう言ってため息をついた。

「認知症になってから、いろんなものを引っ張り出しては隠し場所を変えたりして、頻繁にものを移動していたから……。これからだって、どこから何が見つかるかわかったものじゃない」

人が亡くなると、それでなくてもよくわからない遺品が出てきたりするものだが、認知症の家族が亡くなると、さらに謎は深まる。誰にも見せたくなかったアルバムの、そこからもまた剝がして別に隠していた写真の束を、家族が寝るベッドのマットレスの下に置いていたなんて普通なら意味不明の行為だ。

「で、その若い男性、白衣を着ているのよ」

「へえ、お医者さんだったのかな」

「研修医だった可能性もある」

先ほどの学生が、シャンプーや生理用品はありますかと聞きに来た。男子学生なのだが、ハウスシェアをしている学生たちには女子もいて、バスルームに常備している生理用品が底をつきそうなのだという。

私は彼と一緒に食品の棚の裏にある日用雑貨を載せたテーブルのほうに行った。学生は、少しも躊躇《ためら》わずナプキンやタンポンを袋に入れ、シャンプーと洗剤も一つずつ手に取って入れた。

「一つずつって書かれているけど、いつでもまた取りに来てね。ここは何回来てもいいんです。そこは制限なんてないから」

私がそう言うと、学生は「サンクス」と言って微笑んだ。

大きな袋を両手に提げて学生が外に出て行くと、フィービーがまた喋り始めた。

「例えば母親の恋人は研修医で、こっぴどい失恋をしたから看護師の道は諦めたのかもしれない。それか、妻子ある医師と恋に落ちて噂が広がったから仕事をやめたのかもしれない。そういうことを姉妹で言い合うけど、全部あくまでも憶測だからね……」

フィービーと妹たちは、母親が看護師への道を進まなかったことと白衣の男性の存在を結び付けようとしているようだ。

「きっと私たち、自分たちの罪の意識を軽くするために、都合のいいことばかり考えているのかもしれない」

「…………」

「亡くなった後に、母親が自分と同じ仕事をしていた時期があったかもしれないってわかるなんて、やっぱり複雑。うちは姉妹みんな、看護師とか、作業療法士とか、障害児支援員とか、ＮＨＳ（国民保健サービス）でケアの仕事をやってるから」

ケアする姉妹たち。そんな言葉が浮かんだ。

そして彼女たちの母親もまた、他人をケアする仕事をしていたのだ。デヴィッド・グレーバーの『ブルシット・ジョブ』によれば、清掃員や料理人、家事代行人などの、他者のニーズを直接ケアする仕事をしている人々はみなケア労働者だという。産業革命が起こる前の英国では、労働者階級の人々のほとんどがケア労働をしていたのだそうだ。裕福な人々に雇われ、彼らの屋敷や家庭のニーズを満たす仕事をしていたからだ。労働者階級の人々が工場や炭鉱で働いているようなイメージがついたのは、二十世紀の産物でしかないという。

そういう意味では、フィービーの家の女性たちはみんな生粋の労働者階級だ。夫や子どもや家庭のニーズを満たす仕事もケア労働なので、これらの女性たちは二重の意味で労働者階級だと言える。

実のところ、労働者階級というのは、女性のことを指す言葉なのかもしれない。

フィービーが、フードバンクから食品を持って帰っていることに気づいたのはそれからしばらく経った頃だった。

NHSの看護師の給与の低さは有名だったし、二人のティーンの子どもを抱えたシングルマザーである彼女の生活の苦しさも想像がついた。だから私は、彼女がいつも背負ってくるリュックが帰り際にパンパンに膨れていることや、棚の上の食品が少し減っていることに気がついても、黙っていた。そもそもフードバンクとは、生活が苦しい人々のためのものであり、学生限定なんてケチくさいことを言う必要もないだろう。それに、彼女の子どももこのカレッジに通っているのだから、間接的にせよ、ここに寄付された食品を学生が食べていることには違いない。

実は数か月前にも、近所のコミュニティセンターにあるフードバンクを手伝いに行って驚いたことがあった。無料で小中学生に朝食を提供するブレックファストクラブのスタッフが来ていたので、貧困家庭の人々を連れて来たのかと思っていると、彼自身が食品をもらって帰っていたのだ。

ついに支援者が支援を受けざるを得ない状況になっている。

だからフィービーのことにも、私はそれほど驚かなかった。

物価の上昇が激しくなった数か月前から、組合の看護師たちは賃上げを求めて断続的にストライキを行っている。が、フィービーは参加していない。自分たちの職業は普通の仕事とは違うのだから、ストなど決して打ってはいけないと熱弁している。

「人の命を預かる仕事をしている人間が働くのを拒否すれば、どれだけの人々が危険にさらされると思う？　私は組合員だけど、今回のストには賛成しないし、参加もしない」

あなたの言うこともよくわかるけど、人の命を預かる仕事をしている人たちだからこそ、きちんと食べていてほしいと思うし、大切な仕事に見合う賃金をもらっていてほしいと思うよ、と言おうとして、私は言葉を呑《の》み込んだ。「きちんと食べていてほしい」なんて言ったら、彼女が食品を持ち帰っていることを知っていると気づかれるかもしれないからだ。

人の命を預かる仕事をしている人間がストライキなんてしてはいけないと思う彼女の信念は、フードバンクの食品を持って帰っていることを隠している気持ちとつながっているような気がした。してはいけないこと、こうあらねばならないこと。フィービーの背骨にはその二つが埋め込まれている。よく考えてみれば、人の命をダイレクトに扱っている仕事をしている人たちは、初期の訓練の段階から、この二つの軸を職業の基本としてしっかりと叩き込まれるのだ。

それはそうだろう。してはいけないことをしてしまったり、こうあらねばならないのにそうしなかったりしたら、患者の生命を損なうかもしれない。ケアの仕事は、厳重に定められたルールの枠からうっかりはみ出さないように常に気をつけながら、ある意味、ふらふら揺れそうになる自分を縛りながら行う仕事でもある。

ディシプリン。それがケアの仕事に最も必要なものだ。ケアはクリエイティヴな仕事だとか、ケアで自分を解放するとか、耳触りのいい言葉を聞くことがあるが、クリエイティヴになりすぎたら患者を危険にさらすこともあるだろうし、自分を解放するためにケアの仕事なんかについたら、「TO DO」と「NOT TO DO」の長大なリストを見てうんざりすることになるだろう。

その長大なリストと強固な職業倫理とともに何十年も働いてきた人が、たとえ一日や二日だとしても、ディシプリンの枠から抜け出すのは容易ではないだろう。

フィービーがストライキに参加するということは、きっとそういうことなのだ。

ある意味、彼女の人生にとっては革命を起こすようなことなのかもしれない。そして当然のことながら、革命なんて、ちょっとやそっとで起こるものではないのである。

ケアに憧れる人々

今年は彼からクリスマスカードが届かなかったとしばらく思っていた。

だけどすぐにそれも忘れてしまい、クリスマスなんて遠い過去に思えるようになった頃、彼の息子だという人物から一枚のポストカードが届いた。

それは光に満ちた海岸を走る白い服を着た女性たちの絵画のポストカードで、ホアキン・ソローリャという画家の作品のようだ。ポストカードをひっくり返すと、クリスマスカードへの礼が記載され、「父は昨年の夏に肺がんで亡くなりました」と書かれていた。

パブロががんの治療を行っていたことは、昨年もらったクリスマスカードに書かれていた。近いうちにロンドンに遊びに行きますね、久しぶりにお会いしたいです、と書いて、私の携帯の番号も知らせておいたと思う。だが、パブロから連絡が来ることはなかった。

私が彼とロンドンの病院で一緒に働いていたころ、彼は五十代の初めだったから、八十歳近くで亡くなったことになる。どんな老人になっていたのか、私は一度も見たことがなかった。

世の中には、クリスマスカードだけでつながっている関係というものがあって、だけどそれにしたって、時がたてばどちらからともなく送るのをやめ、それっきりになってしまう。しかし、パブロだけは、二十六年もカードのやりとりが続いた。私はぎりぎりまでクリスマスカードを書かないが、いつも十二月になるとすぐ彼からカードが届くので返事を出さずにはいられなかったのだ。ものすごく律義な人だったのかもしれないが、本業が弁護士だったので、クリスマスカードを送るクライアントの長大なリストがあり、その下のほうに友人や知人の住所も入っていて、秘書が毎年そのリストから宛名のラベルを製作し、送っていただけなのかもしれない。

パブロと私は、一緒に働いていたといっても、お金をもらう仕事をしていたわけではない。ロンドンの病院でボランティアをしていたのだ。当時は、チェルシー&ウェストミンスターという病院の一つの階の半分を占めていたＨＩＶ病棟で、ティーやサンドウィッチやケーキを載せたワゴンを押して各病室を回り、入院患者や見舞いに来た人々にアフタヌーンティーをふるまうのが私たちの仕事だった。

私がそのボランティアをするようになったきっかけは、下宿していたチェルシーの屋敷の大家の紹介だった。大家だった老夫婦が、このボランティアのグループに所属していたのだ。年金生活者だった二人は、毎日必ずどちらかが病院に行き、このボランティアに参加するほど熱心だった。が、夫のほうが体調を崩してしばらくボランティアに参加できなくなってしまったので、当時、屋敷の一室を借りていた学生の私に、週末だけでも手伝ってくれないかと声がかかったのだ。

英国の病院の中で働けるなんてレアな機会だと思ったし、英語の練習にもなると思ったので、私は躊躇せずイエスと言った。そしてボランティア初心者で英語の不自由な私のパートナーに選ばれたのが、ベテランメンバーのパブロだったのだ。

痩せて小柄なパブロは、落ちくぼんだ丸い目が印象的な人で、どこかエル・グレコの宗教画のキリストを思い出させた。物静かで淡々と仕事をこなす人で、キッチンでサンドウィッチを作るときの手際の良さには驚いた。各病室で患者や訪問者からの注文を聞くときにも、彼は聞き返すことなくすべてを完璧に記憶することができた。私なら、「この人はコーヒーにミルクを入れずシュガーはスプーン二杯で、スコーンにはクロテッドクリームといちごジャム、あっちの人はティーにミルクを少しとシュガーはスプーン一杯できゅうりのサンドウィッチとハムとチーズのサンドウィッチをご所望」という風に二人分で精いっぱいになるのだが、パブロは四人分でも五人分でも覚えられた。

「記憶力がいいですね。すごい」

と言うと、

「若いころにレストランで働いていたから」

とパブロは笑っていたが、彼は二十代の頃にスペインから英国に来て、この国で弁護士の資格を取ったという。グレコのキリストのような容貌《ようぼう》や、いつも質素で目立たない服装を見れば、お金もうけには興味のない社会派弁護士という印象だったが、実は腕利きの企業法務弁護士だそうで、誰でも名前を知っている大企業をクライアントに持っていると大家夫妻が言っていた。

私の大家は夫妻ともに六十代後半だったし、パブロは五十代、たまにパートナーを組んだエドワードという貴族だとかいう男性も六十代で、このボランティアグループは平均年齢が高く、全員が大企業幹部とか顧問とか弁護士とか銀行家とか、そういう人たちの集まりだった。時々、病室巡りを終えてキッチンで食器を洗ったりして後片付けをしていると、別の日を担当しているボランティアがふらりと遊びに来て、高齢ビジネスマンたちらしく投資の話をしたりしていた。

どうしてこんな人たちがここで働いているのかというような集団である。英国のお金持ちは慈善活動が好きだから、それでみんなやっているんだろうと思っていた。

しかし、だんだんそれぞれに事情があることがわかってきた。

最初にわかったのは、間借りしていた下宿の大家の事情だった。彼らは、何年か前にHIVで息子を亡くした経験があったのである。一九九〇年代には、HIVはまだ命を落としかねない病気だった。しかもその長男は、チェルシー&ウェストミンスター病院で看護師として働いていたという。いかにも優しそうな笑顔の亜麻色の巻き毛の青年の写真が、亡くなったときのままになっていた彼の部屋に飾られていた。

次にわかったのはエドワードの事情だった。彼は、アフタヌーンティーを配りながら病棟を歩き回るときに、陽気にジョークを飛ばしながらいろんな人とおしゃべりをするのだが、それは、彼が初期からのメンバーでいろんな人を知っているからだと思っていた。だが、それにしても顔が広すぎるし、いろんなクラブやレストランの名前が出てきて、彼の社交範囲は、この病棟に入院している人やお見舞いに来ている人たちと同じなのではないかと思うようになった。それで、大家夫妻に聞いてみると、夫人のほうが、あっさりと、

「そうです。彼はゲイです」

と言ったのだった。

「彼はあの病棟で何人かの友人を亡くしているの。よくお見舞いに来ていたから、私たちと自然につながったのよね」

そう彼女は教えてくれた。

そういう按配《あんばい》で、メンバーたちがボランティアを始めた理由が少しずつわかっていったが、最後まで釈然としなかったのがパブロだった。

彼は女性と結婚していて子どももいたし、ゲイ・コミュニティに近い場所にいるとも思えなかった。

「パブロは、どういう経緯《いきさつ》でボランティアに加わったのですか？」

大家夫人にそう聞いてみたこともあった。

「彼は誰かの紹介とかそういうのではなく、自分から私たちに連絡を取ってきたの。あなたたちのお手伝いをさせてくださいって。とても熱心で、今では中心メンバーの一人です」

「そうなんですね……」

と言って口をつぐんだ私に、あなたが何を聞きたいのかわかっているわよというような微笑を浮かべながら夫人は言った。

「彼は自分のことをあまり話さない人だから、私たちも彼がどうしてボランティアをするつもりになったのかはわからないの。ボランティアのパーティーなんかでも、彼はちっとも酔わないし、いつも当たり障りのないジョークを言って微笑んでいるだけで、ガードを崩さない人だから」

ガードを崩さない。それは誰もが感じる彼の印象だった。企業の弁護士として長年働いてきた経験で、身に染みついた姿勢なのかもしれない。

「話したくなったらいつか彼から話すでしょうし、話したくなければ黙っていていいし、そもそも話すようなことなんて何もないのかもしれないし」

大家夫人はそう言って笑っていた。でも、その口調からは、彼女たちも一度ならずそのことを仲間内で噂したことがあるということが感じられた。

ＨＩＶという言葉の破壊力と、その疾患に対する偏見が、いまからは想像もできないほど大きかった時代である。良き父、良き夫であるストレートの男性が、なぜあの病棟でボランティアをすることを志願したのかは、ふつうに考えれば不思議だった。

「ＨＩＶはどうすれば感染するか知っている？　ふつうに喋ったり、同じ部屋にいるだけでは感染しない病気だって知ってるわよね？」

私が最初にボランティアに誘われたときでさえ、大家夫人は真剣にそう尋ねてきた。日本から来たばかりの私は、そんなところでボランティアをするなんて怖いと思っているんじゃないかと決めつけているようだった。夫人は、アジアの国はＨＩＶへの理解が後れていると思っていたのだ。

「もちろん、知っています。だから、ボランティアはまったく平気です」

そう言ってボランティアに臨んだ私だったが、それでも、アフタヌーンティーのワゴンを押して病室を回っているときに、思わずぞくっとするような患者を見かけるときはあった。

骸骨《がいこつ》が転がっているんじゃないかと思うほど痩せ細り、もうこちらの世界に半分はいないような顔をして横たわっている患者とか、認知症の高齢者のようにぼーっとした目つきでこちらを見ているかと思うと、突然びっくりするような声で笑い出す十代の患者とかを目の前にすると、怖気づいて声をかけられないときがあった。そういうときでも、パートナーのパブロは例によって少しも揺らがない口調で、

「アフタヌーンティーはいかがですか？　紅茶にコーヒー、サンドウィッチとスコーンをお持ちしました。今日のケーキはキャロットケーキとヴィクトリアン・スポンジです。何にしましょう？」

と話しかける。彼のこの「当たり障りのなさ」はこういうときにも功を奏して、半分死人みたいな感じだった患者が急に微笑んで、

「ティーをお願いします」

と言ったり、メンタルが混乱しているように見えた若い患者が、

「サンドウィッチをいくつかください」

と我に返って答えたりするのだ。

とは言え、やっぱり反射的に声をかけられなくなるような患者の中には、次回行ったときには「亡くなった」と聞かされる人もいて、最初の頃はそうしたことがあるたびに衝撃を受けた。じきにそうしたことにも慣れていって、死への向かい方も人によって千差万別だということがだんだんわかってきた。

目に見えて衰弱していき、死期が近い人独特の存在感の薄さを漂わすようになっても、思わずこちらが噴き出すようなジョークを飛ばして他者を笑わせようとする人たちもいたからだ。

「あんなになっても人を笑わせようとするなんて、サービス精神がすごい……」

あるとき、私がそう言うと、パブロが答えた。

「いや、あれは他人を笑わせようとするより、自分が笑おうとしているんじゃないかな」

「え？」

「他人を笑わせて、自分も笑うというか。いま、そこに誰かと一緒にいて、一緒に笑うということが彼には必要なんだと思う」

――自分の成分はまだこの世に残っている部分のほうが多いということを確認するために、ですか？　そう聞きたかったが、私は黙っていた。なんとなく感じていたからである。この人も、死期が近くなると人はどんどん存在感が薄くなっていくことを知っている人なのだと。身近な人間の死を体験すると、見たくなくてもそれが見えるようになる。きっと彼も、近くにいた誰かの死を体験した人なのだ。

そう考えるようになってからは、彼も家族や親しい友人をこの病で亡くしたのだと思うようになった。だからある日、キッチンで亡くなった患者の話をしていたときに、

「僕は近しい家族や友人を亡くしたことがないのでわからないけど、近しい人々にとってはつらいだろうね……」

と彼がなにげなく口にしたとき、え？　と思った。ということは、私の想像は間違っていたことになるからだ。

パブロと私は作業の合間に様々なことを話した。あの頃、パブロはすでに英国に四半世紀以上も暮らしていたから、私は同じ移民としていろいろなことを質問した。どのくらい経ったら、母国語じゃなくて、英語で物を考えられるようになるんですか？　年を取ったら自分の国に帰りたいと思いますか？　スペインは二重国籍を認めているんですか？　そういうことを聞くたびに、彼は辛抱強く、できるだけ誠実に、そして現実的に答えてくれた。それでも、私は一番聞きたかったことだけは、いつまでも尋ねることができずにいた。

こうしてだんだんパブロとの距離が縮まり、一緒に働き始めて半年が過ぎた頃、恒例の

ボランティアのクリスマス・パーティーがやってきた。エドワードの行きつけのイタリアン・レストランで行われたその食事会で、私はパブロの隣に座っていた。

何杯かワインを飲んで酔いが回って来た頃、私は思い切って、単刀直入に聞いてみることにした。

「どうして病院でボランティアをしようと思ったんですか？」

パブロが不意を突かれたような表情でこちらを見ているので、私は言葉を足した。

「いや、なんていうか、不思議なんです。弁護士のあなたが、どうしてわざわざワゴンを押して病院を歩き回って人々から注文を取ったり、ティーを作ったりしたいのかなって思って」

そう言うと、彼は少し笑い、それから私のほうに向き直って言った。

「そういう仕事だから、かな。ティーを飲みたい人にティーを渡したり、ケーキを食べたい人にケーキを切って渡したり、あの仕事ではダイレクトに誰かの役に立てるから」

私は彼の言っている意味がわからなくて、聞き直した。

「だけど、弁護士の仕事だって人の役に立ちますよね」

ふふ、と彼は笑って、こう答えた。

「企業の弁護士は、企業の役に立つけど、人の役に立つとは限らない」

赤いサンタクロースの帽子を被ってテーブルの周りを歩き回っていたエドワードが、ウインクしながら話に割って入って来た。

「むしろ、役に立たないことをやっているんだよ。弁護士というのは悪い人たちだから」

ほろ酔いらしく、ふっくらした頬がピンク色に染まっている。

「君に言われたくはないけどね」

冗談めかしてパブロが言うと、エドワードは「あっはっはっはっ」とおかしそうに笑い、

「失礼。もちろん僕も含めてだけどね、悪い人間ほどいいことをしたがるものなんだよ。お嬢さん、それを覚えておきなさい」

と言うと、サンタクロースの帽子をちょっと頭から浮かせて芝居がかったお辞儀をした。

そしてエドワードは肩をすくめながら、私の左脇で話し込んでいたボランティアたちのほうに移動していった。

「彼は酔うと口が悪くなるから」

とパブロは笑っていたが、再び真面目な顔になって話し始めた。

「書類やコンピューターや電話を相手にして仕事をしていると、人間を相手にした仕事がしたくなるんだよね。人間の仕事というか、人間にしかできない仕事がね。おかしいかい、こういうの？」

「でも、弁護士だって、人間にしかできない仕事でしょう?」

「いや、そのうちテクノロジーが進歩すれば、僕たちが企業にアドバイスしているようなことは、コンピューターがもっと正確にアドバイスできるようになる。そうなったら弁護士なんてお払い箱だ」

「なんかSFみたいですね」

「いまはそう思えるかもしれないけど、近い将来、間違いなくそうなる。投資家や企業経営者だって、コンピューターに取って代わられる。リスク評価は計算機のほうが上手だからね。そうなると、何が残ると思う? まさに僕たちが週末にやっているような仕事だよ。あれはコンピューターにはできない」

「ロボットならできるんじゃないですか」

「ロボットは人間じゃないだろう。人間をケアする行為は、人間でない者にはできないんだ」

「どうしてですか?」

「ケアというのには双方の人間が必要だからだ。ケアをする方とされる方、双方の人間がいてポジティヴな精神的電波が生まれる。この電波こそが、人間が今日まで生き延びてきた原動力になったという人もいる」

精神的電波なんて言葉を使うので、パブロはわりとスピリチュアル系の人なのかなと思っていると、彼がこう聞いてきた。

「病室を回るとき、僕たちはそこにいる人々に言葉をかけるよね。相手から答えが返ってきたら、嬉しくなるときがない？」

確かに、すでに死んでいるような顔をして横になっていた人が急に優しい笑顔で「ありがとう」と声をかけてくれたときとか、見舞い客の人から「あなたは本当に素晴らしい仕事をしています」と言われたときなんかは、ぱっと頭の中が晴れたみたいになって、自分でも能天気なんじゃないかと思うほど気分がアップビートになり、知らず顔がにやついていることがある。

「あります。……確かに、あります」

「ああいう嬉しい気持ちは、僕がしている仕事では味わうことができない。あれがポジティヴな電波だよ」

パブロはしみじみとそう言った。さっきまで私の左脇に座っていたボランティアたちと談笑していたエドワードもなぜか真面目な顔をしてじっとこちらを見ていた。斜め前に座っている私の大家夫妻も喋るのをやめてパブロの顔を見ている。

「本当に人間がすべき仕事というのは、こういう仕事じゃないかと思うときがある」

パブロがそう言うと、その場にいた十人あまりのボランティアたちがしんと黙り込んでいた。

あの場にいたのは、明日の生活の心配などまったくしなくていい、見るからに裕福で高学歴の人々だった。私はチェルシーの大家夫妻の邸宅に一年半ほど下宿し、それからブライトンという南の街に引っ越して、もう二十年以上も労働者階級の街で暮らしているので、いかにあの人たちが雲の上の人たちだったか、いまならよくわかる。

彼らは、ものすごくポッシュ《上流階級》だった。

いまの私なら、あのときのパブロの言葉への「鼻持ちならなさ」も感じ取れる。本当にすべき仕事だと思うなら、それを生業にしてみればいいではないか。自分たちは高収入の仕事を持って何不自由ない暮らしをしてきながら、時々、お遊び程度に末端のケアの仕事をやってみる。そして、「人間が本当にすべきなのはこういう仕事」とか言って高級レストランで遠い目をして感慨に浸っているのだ。

吐き気を催すほどのロマンティックさだ、などと歌にこめたパンクバンドが昔日本にいたが、こうした人たちの言動は、彼らのような恵まれた生活を送っていない人間の神経を逆撫《さかな》でする。

だが、もう前世紀になったあの夜、パブロの言葉を聞いたときには、「偽善者」では片づけられない何かが彼の言葉に混じっていたように感じられたのだ。

思わず顔が緩むような嬉しい気持ち。あのボランティアでそれが感じられる瞬間があることを、私自身が経験してしまっていたからだろう。

あの病棟で感じていた嬉しさは、たとえるなら、自分が投げたボールを誰かがまっすぐに投げ返してくれるときのものだ。それだけのことなのに、そういう経験がふだんは滅多にないから、その瞬間が妙に際立って、特別な気持ちになるのだ。

弁護士や企業顧問や投資銀行家は誰かに直接ボールを投げることなんてないのかもしれない。間に人が入って中継されるのが常識なのかもしれない。それは相手からボールが戻ってくるときにしても同じことで、そんなにすぐには返ってこないだろう。方向だって微妙にずれたボールを投げ返すのが常識なのかもしれない。まっすぐ相手に投げ返すのはバカっぽいし、無防備だからだ。

しかし、あの時代のＨＩＶ病棟は、究極に無防備な場所だった。

なにしろ、本当にどんどん人が亡くなっていたのだ。泣いている人、怖がっている人、悟りを開いた人、やけになっている人、どうしていいかわからなくなっている人。無防備きわまりない状況にある人々と働く現場では、気取る必要も、自分を強く見せたり、賢く見せたりする必要もない。

そんな場所では率直な言葉が発され、まっすぐに飛び交う。

たぶん、そのことをパブロは言っているのではないかと思った。人から言われたことをストレートに嬉しく感じるのは、その言葉を信用できるときだ。無防備な現場で発される言葉は信用できるから、人を無防備なぐらい嬉しい心情にさせるのだ。

ということは、パブロたちの職場では、人の言葉は信用できないということになる。

だからあのとき、あの場にいた人たちは会話をやめてパブロの顔を凝視していたのだろうか。みんな心に思い当たるものを抱えているから、物憂く熱い瞳をしてこちらを見ていたのだろうか。


次にボランティアで一緒に働いたときには、パブロはもういつものパブロに戻っていて、私たちはディープにボランティアの仕事について話し合うことはなかった。

ＬＧＢＴＱ＋の人口割合が特に高いことで有名なブライトンに暮らすようになってみると、結婚して子どもがいても同性を性的に愛する人がいることがわかったので、もしかするとパブロもそうだったのかもしれないと考えたこともあった。

だけどいま、彼が亡くなったことを知って思い出すのは、あのパーティーの夜の彼の言葉だ。

わかりやすい個人的な事情よりも、あのパーティーで彼が語っていた理由のほうが真実だということもあり得ると思うからだ。

恵まれた地位にいる人々のケア労働への憧れは、吐き気がするほどロマンティックだとしても、自分が経験できないものへの渇望があるのだ。そして彼らはすべてを手に入れられると信じる階級の人々だったからこそ、週末のボランティアでその渇望を癒《い》やそうとしていた。

私がブライトンに引っ越した翌年に、画期的な薬が開発されたとのことでチェルシー＆ウェストミンスター病院のＨＩＶ病棟は大幅に縮小された。さらに、その数年後にはついに閉鎖されたと新聞で読んだ。

あそこでアフタヌーンティーのワゴンを押していた人々は、あれからどこでそれぞれの渇望を癒やしていたのだろう。「人間が生き延びてきた原動力になったもの」をどこで手に入れていたのだろう。

チェルシーの屋敷の大家は夫妻ともにもうこの世にはいない。さらに、パブロも亡くなったいまでは、それを知る手立てはなくなってしまった。

人はパンで生きている

フィービーがフードバンクで喋る内容は、亡くなった母親の話から、ストライキに参加している同僚たちへの批判に変わっていった。

若い看護師たちが、きゃあきゃあ言って盛り上がっているとか、こないだまで政治になんてまったく関心のなかったような子たちが、急に「組合」とか「闘争」とか言い出して笑えるとか、皮肉っぽいことを言うのだ。自分のような中年の看護師は傍観している人のほうが多いと言っていたが、だんだんその話題が増えてきたということは、なんだかんだと言いながら気になっているのだろう。考えてみれば、フィービーの世代は、七〇年代や八〇年代の組合や労働運動が盛んだったころは小さな子どもだったし、「労働運動ダサい」みたいな雰囲気になった九〇年代に看護師として働き始めた人たちだ。ストライキが新鮮で、何かクールなことのように感じられる若い世代と違い、労働争議に抵抗を感じる世代なのかもしれない。

「患者を放り出してストを打って、病院の外でわいわい集まって騒げる気持ちがわからない」

「看護師が仕事に対する倫理観を忘れたら終わり」

そう言って若い看護師たちを批判しているフィービーは、やはりフードバンクから帰るときにはリュックをパンパンにしていた。

職業倫理のために低賃金や苦しい生活を我慢するのか、それとも、職業倫理を大切にしている自分を誇りに思うから、そのプライドをぺしゃんこに潰《つぶ》されないために経済的困窮を我慢するのか。

「人はパンだけで生きるものではない」と言ったのはキリストだった。「パンと薔薇」というプロテスト・ソングもあり、「私たちはパンだけでなく、薔薇もほしい」という歌詞の一節もあったと思う。

だが、ケア労働者には、薔薇と引き換えにパンを取り上げられているようなところがある。

「私たちは薔薇だけでなく、パンもほしい」

ストライキをしている人々はそう言っているのだろう。

そしてフィービーは、薔薇で満足しなければいけないと思い込んでいるから、ぎゅっと口を閉じてそれを言わない。

カレッジのフードバンクでフィービーと別れた後、私はスーパー・マーケットに向かった。ガラスの自動ドアが開き、中に入ると入り口近くの生花売り場にたくさん薔薇の花束が売れ残っていた。

最近、花が売れないらしい。物価高や生活苦の話題が毎日のように新聞の見出しを飾るようになってから、スーパーの生花売り場から花がめっきり減らなくなった。

生活が苦しくなると、花なんて人は買わない。

薔薇よりもパンなのだ。

色とりどりの薔薇が咲き乱れる生花売り場に立っていると、母の葬儀を思い出した。

棺《ひつぎ》の中の母も色とりどりの花に囲まれて火葬場に送られたからだ。

でも、母はあんまり花の美しさなんて気にしてなかったと思う。仕事をしない看護師の悪口を言いまくり、俺の愛人にならないかと言ってきたという八十代の患者を「エロジジイ」、注文の多い患者の家族を「クソバカ」と呼んだ。ケアを生業にしている人間にしては、私の母は口が悪かった。医療従事者のくせに、他人のことを「死ねばいい」と評することもあった。

彼女の話を聞いていると、彼女はまるで、毎日ムカつくために職場に行っているような気がした。若くして私を産んだので、どこか友達のように思っていたのか、ふつう子どもには言わないだろうと思うようなことまで赤裸々に話して聞かせた。だから、彼女が働いていた病院に用事があって行ったときには、どの受付の女性が医師と不倫していて、どの看護師さんがブランド品を買い過ぎて借金地獄に陥っているかというようなことを知っていたので、子どもながらにそういう人たちから話しかけられるとドキドキしたものだった。

母親があんな風に口汚く職場やそこで出会う人たちのことをこきおろしたのは、自分はもっと報われるべきだと思っていたからだろう。薔薇よりもパンをくれ。そう思っていたから、いつもムカついていて、薔薇なんて木っ端微塵《みじん》にしてやりたくなったのだ。

介護士である自分よりも給与が高い看護師たちが使っていたデパートで売っているような化粧品や、独身の同僚たちが行ったことのある高級レストランや、同僚が借金して買った有名ブランドのバッグや財布に母は憧れ続けた。ずっと貧乏だったから、幸福とはそういうものを手に入れることだと信じていた。

「あの人はいくらもらっているんだろう」「たぶん、あの人はいくらぐらい貯金がある」。母はいつもそういうことを言っていた。毎月、少ない収入で小銭の数まで数えて生計を立てていたから、他人が持っているお金の額まで想像していた。

お金の心配ばかりして生きている人は、お金のことしか考えられなくなる。後年、母が認知症になると、この傾向に拍車がかかり、彼女が人と会うときに最初に言う言葉は、「こんにちは」でも「お元気ですか」でもなく、「いまいくらもらっているの？」になってしまった。

そのせいか、私の中では、ケア従事者と美しい薔薇はあまり結びつかない。

それなのに花々に全身を囲まれて棺の中に入れられていた母の姿は、「自分のことは後回し。いつも他人の世話ばかりしている」という葬儀スピーチの美辞麗句と同じぐらいアイロニックだった。

彼女を花々や美辞麗句で飾りたかったのは本人以外の人間で、本人はそんなものよりパンのほうがよかったのだ。食べたこともない美味《おい》しいパンや、行ったこともない高級店のパンが食べたかったのだ。

だが、それは卑しいことだろうか？

そんなことを考えながら、必要なものをバスケットに入れて、セルフレジのコーナーに行くと、出口のそばの棚の前に一人の女性が立っているのが見えた。そこはスーパーで買い物をした人が困窮者のために食品を置いていく寄付コーナーだった。

私は瞬時に方向転換し、セルフレジのコーナーに背中を向けて再び売り場のほうに速足で戻った。

フィービーが、棚の上に置かれたフランスパンの一本を手に取っていたからだ。

パンがいる。文字通り、パンがいるのだ。

棚から長いフランスパンを取っていたフィービーの姿と、花に飾られた母の遺体がだぶって、なんとも言えない気分になった。片手にバスケットを提げて、泣きながらスーパーの通路を猛進するアジア人の中年の女を、人々は見て見ぬふりをして避《よ》けながら通り過ぎて行った。

泣きながら帰って来た私を見て、息子も夫も腫《は》れ物にさわるようにしていた。最近、よくこういうことがあるからだ。あんなに嫌っていた母親が亡くなったからと言って、どうしてそんなに落ち込むのか彼らには理解できないらしい。

いや実際、私にも理解できない。人間とはそういうものなのだとしか言いようがない。キッチンに下りて食事の支度を始めた。仕事から帰って食事の支度をしながら、顔をしかめて「疲れている」「一日ぐらい、店屋物でもいいのに」と毎日ぶつぶつ言っていた母のことを思い出した。彼女は、仕事だけでなく生活のすべてが嫌そうだった。

そのうち母は、生きているのも嫌だと言うようになった。そんなに何もかも嫌で、毎日つらそうな顔で耐えているのだったら、逃げればいいのに、と思った。子どもも仕事も何もかも捨てて逃げればいいのに、そうする勇気がないから、汚水のように暗い言葉ばかり垂れ流して、子どもにずっしりと罪悪感を与えている。

だけど実際のところ、母は別のやり方で逃げることを始めていたのだった。

最初はお金のことを心配したり、仕事で苛立つことを思い出したりして眠れなかったから、睡眠時間を確保したかったのだろう。しかし、母の睡眠剤への依存症は徐々に進行していた。病院に勤務していたので、いくらでも薬を手に入れることができたからだ。年月とともに確実に摂取量が増え、しまいには凄《すさ》まじい形相で子どもの部屋に入ってきて、どこに薬を隠したんだと怒鳴りながら机や箪笥《たんす》の引き出しを開けて回ることもあった。

母は、ついにパンどころか、薬がいるようになってしまったのだ。そうなってからの母と暮らすことは恐ろしかった。病院で働いたことが、二重の意味で母をこんな風にしてしまったのだと思った。

けれども、一つだけ、どうしても理解できないことがあった。

母が家で毒づき続けた職場の人々は、みんな口をそろえてこんなことを言ったからだ。

「あなたのお母さんは、天使のような人だ」

病院での母の働きぶりは素晴らしかったらしい。いつもくるくると人の分まで動いて、頭の後ろにまで目がついているような気のつき方だったという。みんなの優しいお母さんのよう、常に落ち着いて、思いやり深く、温かい笑みを浮かべている……。誰もが母親をそう評した。ケアの仕事をするために生まれてきたようだと言った人すらいた。

家で彼女が自分の職場についてどう語っているかを知っていた私は、そうした言葉を信じられない思いで聞いていたが、外面を繕う性格だということも知っていたので「ああ、そうですか」といつも冷めた答えを返していた。

だが、あれは高校生の頃だったと思う。

何か家で急用が起こり、母に聞かなければならないことがあったので自転車を飛ばして彼女が勤める病院に行ったことがあったのだ。

介護スタッフの事務所で母の居場所を尋ねると、母は患者を散歩させていると言われ、病院の裏庭に走り出た。それはまだ肌寒い季節だったが、それでも庭に植えられた桜の木に花が咲き始めていたので、数人の介護士たちが車椅子を押して患者を散歩に連れて出ていた。

そのうちの何人かを母親と見間違い、違うとわかってまた小走りに捜していると、ひときわ大きな桜の木の下に車椅子を止め、患者に何かを話しかけている母親の姿を見つけた。水色の介護士の制服を着た母親は、車椅子の脇に腰をかがめて、風に乱れた患者の前髪を顔から払っていた。あんな柔らかな笑みを浮かべた母親を長いこと見ていなかったから、なんとなく胸がドキドキして、私は少し離れた場所からそれを眺めていた。

母は制服のポケットの中からティッシュを出して、優しく患者の鼻を拭《ぬぐ》った。それから桜の花がついた木の枝をあちこち指さして、にこにこ笑いながら、患者の関心を引こうとしている。何の反応も示さず、ぼんやりして車椅子に身を預けていた老人が、両手を動かした。それはスローモーションのようなゆっくりした動作だったが、ぶるぶる震える両手を少しずつ上にあげて、細い腕が桜の枝のほうに伸びた。老人は両手で桜の花を摑もうとしているように見えた。

母は嬉しそうに笑い、ゴムまりのように飛び跳ね、自分の胸の前で両手を打ったり、両手で老人の手を握ったりしていた。そして老人の額をふわりと手で撫でながら、再び何かを話しかけていた。

私は結局、母に話しかけることができなかった。

あれは私が知っている母ではなかったからだ。

母にはああいう一面もあった、としか考えようがない。

誰も見ていない庭の片隅で、楽しそうに仕事をしているふりをする必要はないだろう。

低賃金で重労働で病院のヒエラルキーの底辺にある仕事を呪いながら、母は、本当はあの仕事が好きだったのだ。きっといろんな人たちが言ったように、向いていたから。

報われない仕事が向いているなんて、なんという悲しい言葉だろう。

スーパーで見かけたあの日を最後に、フィービーがフードバンクに来ることはなかった。理由はわからなかったが、食品を黙って持って帰っていることがわかり、保護者ボランティアのシフトから外されたのだと言っている人もいた。

彼女が働いている病院の看護師たちのストライキは一時中止になっている。英国政府が医療従事者の組合との交渉を始めることに同意したからだ。

納得できる賃上げが提示されなければ再びストに入ると組合の代表が話しているのをテレビで見た。

「医療従事者だって、自分の家の食卓にパンを載せなければならないのです」

と組合の女性書記長が言っていた。ロンドンの病院の前に立って喋っている彼女のコートの襟に、三月だというのに白い雪が落ちていた。

母が働いていた病院の庭の桜を思い出した。花は雪の中でも咲くのだろうか。わが家の鉢植えの桜の木は、小さい桃色の蕾《つぼみ》をつけ始めている。

あとがき

わざわざ「小説」という言葉をタイトルに入れたことからもわかるように、この本はフィクションである。ノンフィクションではないし、自伝でもない。

それでも、本当にあったことも若干混ざっていることは否定できないので、「小説」だけでなく、「私」という言葉も入れておいた。どこまでが本当のことかは言わぬが花。それが「私小説」というものだとわたしは思っている。

わたしは大学の先生でも研究員でもないし、若いときから書いてきた作家というわけでも、どこかの組織で記者として働いていたなどの経歴を持っているわけでもない。なんだかわけのわからないところからヌルッと出てきた、得体の知れない執筆業者である。

だからだろうか、自伝を書けと言われることがある。わけのわからないものは気持ち悪いからだろう。しかし、わたしは自伝を書くことにはまったく関心がない。自分が人に語れるような人生を生きてきたとは思わないし、誰かを力づけたり、何かの役に立ったりする人生を送った覚えもまったくないからだ。

だから、この本も、わたしはこういう仕事をして生きてきたということが書きたかったわけではない。わたしが書きたかったのは、わたしは様々な仕事をしながら、ずっと同じ疑問を抱き続けてきたということである。

それは、世の中には金銭的にも報われず、社会的にも軽視されている仕事があるのだが、これらの仕事はいつまでたっても報われないままでいいのかという疑問である。

英国でこうした低賃金の仕事をしている人たちは、「自分たちはきつい労働をしているのに報われない」という意味を込めて、自らの仕事を「シット・ジョブ（クソのような仕事）」と呼ぶ。自分の配偶者も含め、英国の労働者階級の人々が日常的にこの言葉を使うのをわたしは長年この耳で聞いてきた。

その言葉には呪詛と自虐の念に加え、「どうしてなんだよ」という怒りがある。こうした感情を抱えた労働者たちは、自分の子どもに「こんなシット・ジョブはするな」とよく言う。子どもには経済的にも社会的にも報われる仕事についてほしいからだ。

そのような社会に大きなシフトチェンジが起きる可能性について語っていたのは、コロナ禍中に亡くなったデヴィッド・グレーバーだった。新型コロナ危機は、医療、小売、ケア業界などで働くいわゆる「エッセンシャル・ワーカー」と呼ばれる人々の重要性を見直させる機会になった。彼は、その著書『ブルシット・ジョブ――クソどうでもいい仕事の理論』（邦訳、岩波書店）で、実入りのいいホワイトカラーの人々ほどその仕事に社会的意義がなく、内心必要がないと知っている作業に時間を費やしていることで道徳的、精神的に傷ついていると指摘した。その反面、社会を回すために必要不可欠な仕事をしている人々は報われない待遇で不安を抱えていると。

だが、新型コロナ危機は、こうした「通常だと考えられている異常な状況」を反転させるきっかけになるとグレーバーは考えていた。「シット・ジョブ」と従事者自らが呼ぶ仕事をする人々の社会的地位を回復させて、新たな現実をつくり出すきっかけになれると。

グレーバーはコロナ後の世界を見ずに亡くなった。しかし、二〇二三年の英国に生きるわたしには、彼が言ったことが少しずつ形になり始めたような気がしている。

例えば、昨年から英国で断続的に続いている医療関係者の賃上げを求めるストライキがそうだ。看護師、救急隊員、ジュニアドクター（専門医や総合診療医になる前の下級の医師）などがダラダラとストを続けたら、診察や手術に支障が出る。救急車を呼んでもなかなか来ない。人の命に関わる職業の人たちがいつまでも何をやっているのかと市民は怒りそうなものである。ところが、医療関係者のストへの一般の人々の支持は、なぜか今年に入ってから伸びている。市場調査会社イプソスの調査によれば、ジュニアドクターのストを支持すると答えた人は二〇二三年一月の段階で四七％だったが、六月の調査では五六％になっていた。看護師のストへの支持も、一月には四五％だったが、六月には六二％になり、救急隊員のストへの支持も、まったく同じように四五％から六二％に伸びている。六月の調査では、ジュニアドクターのストに反対すると答えた人は二四％しかおらず、看護師、救急隊員でも二一％だ。

これをどう考えたらいいのだろう。ひょっとすると、グレーバーの言ったことが、少しずつ現実になりつつあるのではないだろうか？

そんな時代の潮目を感じながら、今この本を日本で出版するのも、実はグレーバーが予想した壮大な流れの一部なのかもしれない。その壮大な変化の流れはドミノ倒しにも似て、すぐにすべてが転倒するわけでも、一気にカタがつくものでもない。

だが、一つ目のドミノはもう倒されている。労働に対する価値観の根本的なシフトがすでに始まっているように英国に住むわたしには思えるのだ。そして長大なドミノがどんどん倒れ、まったく違う常識を持つようになった人々に、「え？　むかしはこういう労働って報われなかったの？」と驚きをもってこの本が読まれる未来が来るに違いない。そのとき、ザ・シット・ジョブは過去の言葉になるのだ。

二〇二三年七月三〇日

ブレイディみかこ

ブレイディみかこ
ライター・作家。1965年、福岡県福岡市生まれ。96年から英国ブライトン在住。日系企業勤務後、保育士資格を取得し、「底辺託児所」で働きながらライターとなる。2017年、『子どもたちの階級闘争　ブロークン・ブリテンの無料託児所から』（みすず書房）で第16回新潮ドキュメント賞を受賞。19年、『ぼくはイエローでホワイトで、ちょっとブルー』（新潮社、のち新潮文庫）で第73回毎日出版文化賞特別賞、第２回Yahoo!ニュース｜本屋大賞　ノンフィクション本大賞、第７回ブクログ大賞（エッセイ・ノンフィクション部門）などを受賞する。他書に『ヨーロッパ・コーリング・リターンズ――社会・政治時評クロニクル 2014-2021』（岩波現代文庫）、『両手にトカレフ』（ポプラ社）など多数。本書は初の自伝的小説となる。

私労働小説《わたくしろうどうしょうせつ》　ザ・シット・ジョブ

2023年10月26日　初版発行

著者／ブレイディみかこ

発行者／山下直久

発行／株式会社KADOKAWA
〒102-8177　東京都千代田区富士見2-13-3
電話　0570-002-301（ナビダイヤル）

装丁／吉田朋史（TISSUE Inc./9P）

ＤＴＰ／オノ・エーワン

印刷・製本／大日本印刷株式会社

●お問い合わせ
https://www.kadokawa.co.jp/（「お問い合わせ」へお進みください）
※内容によっては、お答えできない場合があります。
※サポートは日本国内のみとさせていただきます。
※Japanese text only

定価はカバーに表示してあります。

ISBN 978-4-04-111715-6　C0093